はぐれ同心御免帖

# 残党狩り

本庄慧一



学研M文庫

本書は文庫のために書き下ろされた作品です。

# 目次

# 第一章　同じ穴のむじな

## 一

現世《このよ》の情景をすっぽり覆い隠す濃い闇と、そして、とろりと心を麻痺《まひ》させる酒は、分別心のあやふやな男たちを時として狂わせる。

いや、やっとありついた安酒と、たまたま出くわした闇に乗じて、得手勝手な欲望のけものに化身する男は巷《ちまた》にわんさと蠢《うごめ》いている。

江戸城常盤橋《ときわばし》御門の北になるあたりのお濠から、東へと流れ下る水の流れを龍閑川《りゅうかんがわ》とよぶ。

この流れは大川（隅田川）にやがて合流するのだが、その途中では神田堀《かんだぼり》とも、また下流に近くなると浜町《はまちょう》川ともいわれるようだ。

お濠に近いとっぱなの龍閑橋をふくめて、数えて四つ目の橋が今川橋《いまがわ》だ。

きさらぎ二月の節分を過ぎたばかりの川沿いの道の寒気はひときわきつく、人影もない――はずだが、今川橋ぎわから水辺に下りるがれ場の闇の底には、異様な熱気が醸《かも》されている。

なんと、三人の男が若い娘を連れ込んで、手込めにしようとしているのだ。

娘はもう手拭《てぬぐい》で口をふさがれているのか、苦しげなうぐぐという呻《うめ》き声と、男たちが力まかせに押さえ込もうとする荒々しい気配だけが闇の底から這《は》い上ってくる。

と。

「おめえら、何をしやがる！」

いきなり怒声が弾けて、小柄な男ががれ場を駆け下りた。その声からして老いた男のようだ。

それまで声を出さなかった男たちが、突然の邪魔者に荒らげた声を発した。

「てめぇ、余計なことをするな！」

「すっ込んでぃろ、くそじじぃめっ！」

「ただじゃおかねぇぞ！　野郎っ！」

娘を助けるつもりの男はあきらかに老人だった。いきなり顔を殴られたか「ぐはっ!」と呻いた。間髪を入れずに「げぇっ!」と苦悶《くもん》の声をほとばしらせる。脾腹《ひばら》を拳《こぶし》でぶちのめされたか。

やっとありついた大好物の獲物に食らいつく寸前の三匹のけものたちの怒りは、さらに狂気をおびているようだ。

三匹はすでに、橋の上を往来する者がいるかもしれないという警戒心も忘れて、突然の邪魔物に集中攻撃を加えている。

娘を助けるつもりで、がれ場を駆け下りた老爺《ろうや》は、たちまち凶暴化する男たちに痛めつけられて、いまは悲鳴や呻き声さえ発しない。

冬枯れて水音もひそやかな水面《みなも》を、ちちちと鳴く冬千鳥《ふゆちどり》が飛んだ。

黒い影が、ふと橋の上で足をとめ、半身を乗り出し、橋の下を覗き見た。

背に小間物の担《にな》い売りらしい箱型の風呂敷を背負っている。素早く胸の結び目を解く。足元へ置く。

いまきた橋を東詰めへと駆け戻る。がれ場を滑るように下りた。

その動きには、とても商人《あきんど》のように思えない機敏さがある。

狂ったけものの三匹が、いまや必死に身を縮める老爺に取りついて、しきりに拳を打ち込んでいる。老爺は頭や顔を守るためにからだを思いっ切り丸めて耐えている。

娘はとうに気を失くしたのか、岸辺寄りの闇の底で死人《しびと》のように横たわっている。

橋の袂《たもと》から急ながれ場を駆け下りた男の足捌《さば》きには、ためらいも怯《ひる》みもない。

男はすっと、三匹の背後から近寄った。

「おい、くそ鼠《ねずみ》ども、勝手な悪さをやめろ!」

一喝した。

低めたその声は、よく響いた。しかも、甲高《かんだか》くはないのに、鋭い力をもっている。

三匹のけものは、背中をいきなり匕首《あいくち》で刺されたような衝撃を受けたらしく、それぞれが三寸ほど跳び上がった。

「な……なんだてめぇ!」

「また、気の利かねぇ唐変木《とうへんぼく》が現れやがったぜ!」

「このくそじじぃと一緒に片づけちまえ!」

地べたの老爺を放ったらかして、三匹が男を囲んだ。

橋の上を通りかかったときの男は、まぎれもなく角張った風呂敷包みを背負っていたし、その風体は担い売りの商人そのものに見えた。

が、いま一層凶暴化したけもの三匹に半円に囲まれても、たじろぐ気配は一切ない。

「このまま黙ってここを立ち去らないと、少々、痛い目に遭うことになるぞ」

男のその言葉には揶揄《やゆ》するような冷笑がふくまれている。

「けッ！　偉そうなことをほざきやがって、勘弁ならねぇ」

「そうよ。気取りやがって、さむれぇみてぇな口をききやがる。なんだと？　このまま黙ってここを立ち去らないと、少々痛い目に遭うことになる？　ひひひ。兄貴、このトンチキ野郎の台詞《せりふ》を聞いたかい」

「おうよ。その台詞、そっくりそのままお返ししようかい。うしし……」

三匹がずいっと動き、腰を落とした。

懐から同時に、匕首を引き抜いた。

灯《あか》りのない闇のさなかにも拘《かか》わらず、三本の刃が、ぎらり！　と光を放った。

男は、けもの三匹の火を噴くような殺気にたじろがない。いや、身じろぎひとつしないのだ。

「……それにしてもな、三途《さんず》の川の水はまだ相当に冷てぇぞ。いいなてめぇ、覚悟しろッ！」

右端のけものがしわがれ声で吠《ほ》えた。

さっと一歩踏み込むと、さらに腰を低めて匕首を右から左上方へと一閃《いっせん》した。

一見して、ぼんやり突っ立っていたような男の下腹部が間違いなく切り裂かれた――と思えたが、男のからだは目にもとまらぬ速さで大きく撓《しな》って、次の瞬間、その足は匕首を握ったけものの手首を蹴《け》り上げていた。

空に舞い上がって落下する匕首を、男はあたりまえのように右手で受けて握ったのだ。

ほかのけもの二匹が、遅れじと匕首を振り回して男に襲いかかった。

狂ったように匕首を振り回しながら襲いかかってくるのを男は、ひょいと躱《かわ》しておいて、さっと踏み込むと右足を飛ばし、突っ込んでくるけものの股間《こかん》を蹴り上げた。

「ぎゃッ！」

細っこいのが背後にすっとんで尻をつく。両手で股間を押さえて、ごろごろと横に転げる。

もう一匹が、両手《もろて》突きの匕首を突き出して体当たりしてくる。

男はすっと左に体を開いて躱す。つんのめるけものの首のあたりを左の手刀で痛打した。たたらを踏んだけものはそのまま水に転げ落ちた。

あっという間に二人の仲間がぶちのめされた。気を呑《の》まれて立ちすくむもう一匹は、恐怖のせいかまっとうに足も動かないらしい。

息をぜいぜいさせながら、なんとか後にすさる。

男が手にしている匕首はこ奴の物だ。

「おい、おめぇは、たしか畑中五平太《はたなかごへえた》にくっついている下っ引きの餓鬼《がき》だな」

この男の台詞はとても商人のものとは思えない。

「この暗がりで顔もよく見えねぇだろうが、おれの眼はこういうときでも十間先までよく見えるんだ」

男がぬっと顔を寄せて、同時に匕首をそ奴の下腹部あたりに突き出した。

「ひぇ〜っ！」

けものは地べたから跳び上がり、思いっ切り縮み上がった。

どうやら、男がひょいと突き出した匕首の切っ先が、男の急所あたりを突いたらしい。

「おめぇはまだ、このおれが誰だかわからねぇらしいな」

「……いえ……あの……そ、そんなことはござい……やせん……」

身をちぢませたまま、やっとそう答えた。

「そうかい。ただの担い売りじゃねぇということはわかってるのかい？」

「へえ」

「じゃ、このおれは、どこの誰だかはっきり言ってみろ」

「……あの、北町奉行所の……その……」

「うむ。北町奉行所の？」

「葉暮《はぐれ》……七之介《しちのすけ》さまで……」

「ということは、いましがた薄汚ねぇ仲間と一緒になって、てめぇたちがしてたことを、このおれが黙って見過ごすことはねぇということも、きっちりわかっているということだな」

「…………」

なにか答えたようだが、モゴモゴと口ごもった言葉は聞き取れない。

「おめぇはよ、北町奉行所の同心、畑中の尻にくっついている弥助《やすけ》、その乾分《こぶん》の……そうよ、名は吉次《きちじ》だったな」

「…………」

「はっきり返事をしろい！」

七之介は苛立《いらだ》って吉次の横っ面を殴りつけた。

口の中が切れたか、両手で口を覆った。生臭い血の匂いが漂った。

「あふ……あふふ、はふはふ」

「言っとくがな、けものみてぇな悪い仲間とおめぇが……いやさ、北町奉行所同心畑中にくっついている吉次が、今川橋下の暗闇に娘っこを引きずり込んで手込めにしようとしていたところに出くわした。蹴散らかそうとしたがやたら刃向かってくるので、つい手荒くあしらった。そうしたら運悪くその野郎がおっ死《ち》んじまった……てぇことにしてもいいんだぜ」

吉次はいきなり横にすっと飛んで、背を向けて走り出した。

七之介は手にしていた吉次の匕首を、はっし！と投げた。

吉次の腰のあたりに匕首は突き立った。

まるで駄々っ子のように「わあわあ……」と喚《わめ》いて、吉次はがれ場をあたふたと這い上がっていった。

七之介は、にやにやしながら情けない吉次の姿を見送って、あらためて足下の闇を透かし見た。

老爺が娘の肩を抱いて、うずくまっていた。

「ありがとうごぜぇます。危ういところをお助けいただきました」

「怪我はなかったかい」

「へぇ。手も足を出ねぇもんで、亀のようにしっかりからだを丸めてました」

「そっちの娘さんは？」

老爺に支えられて、くたりとしていた娘もなんとか居住まいを正し、ていねいに頭を下げた。

「ありがとうございます……ほんとうにありがとうございます。命びろいをいたしました」

「おう。おまえさんもたいした怪我はないようだな。よかったよかった」

また、ちちちという川千鳥の声がした。

「あの……わたしめは、紺屋町《こんやちょう》の次郎兵衛《じろべえ》長屋木戸番の宇兵衛《うへえ》と申します」

「おう、とっつあんは木戸番かい」

「あなたさまのことは存じておりました」

「ふーん」

「北町奉行所のお役人で葉暮七之介さま……」

「おう」

「この娘さんは、本石町《ほんこくちょう》一丁目の小間物屋の伊吹屋《いぶきや》の……」

宇兵衛があわててそう言いかけるのを娘がひき取って、しっかりした口調で答えた。

「伊吹屋の女中のきくと申します」

再びていねいに頭を下げた。

「わかった。さぁ、こんな所に座り込んでいたからからだに毒だ。二人ともさっさと立ちな」

からだのあちこちが痛むらしい宇兵衛に、こんどはきくが手をのべて立たせた。

「ちょうどあっしが橋の上を通りかかって、どうも妙な気配がするもんで……危ういところでした」

ぶつくさ言いながら「よっこらしょ！」と立ち上がった宇兵衛は、思わず「いてて！」と呻いた。

「ずっと親しくしていただいている宇兵衛さんが通りかかってくれて……わた

しは助かったのです」

「いやいや、この八丁堀の旦那《だんな》があっしらの災難に気づいてくれなかったら、どうなっていたかわからなかったよ、おきくさん」

「あ、そうでしたね」

二人はあらためて、七之介に向かって深ぶかと頭を下げた。

「礼はもういい。さぁ、行くぞ」

さっさと歩き出した七之介は、ふと振り返った。

「二人とも、この急ながれ場を上れるかい。なんだったおれが背を貸してやるぜ」

宇兵衛が顔の前で、ひらひらと右の手を大きく振った。

「とんでもございません。奉行所のお役人さまの……いえ、葉暮さまに背負ってもらうなんぞと、罰があたりますですよ。四つん這いになれば、なんとか上れますから、へえ」

二人が揃《そろ》って、また頭を下げている。

「じゃあ、先に行くぜ」

七之介は、軽い足取りでがれ場を駆け上がった。

そのときになって、冴《さ》えた水音が甦《よみがえ》ってきた。

「あの葉暮さまのかっこうって商人そのもの。とても八丁堀のお役人には見えないわね」

か細いおきくの言葉に宇兵衛が答える。

「あのお方は確か、町廻《まちまわ》りのお役目ではなく、臨時《りんじ》廻りとかのお役で、時と場合によっては商人になったり大工の職人を装ったり、はたまた人足や浪人にもなると聞いたがのう」

おきくがそこで、思わずぶるると身震いした。

「さあ、行こう行こう。それにしてもおきくちゃん、取り返しのつかねぇ大事にならずよかったなぁ」

「宇兵衛さんと……そしてあの葉暮七之介さまのお陰ですね」

支え合ってがれ場を上る二人の姿は、ほんとうの父娘《おやこ》のように睦《むつ》まじく見えた。

きさらぎ二月の夜空には、無数の星がきらめいている。

まだ本格の春には間があるようだ。

なにがどうしたというほどの確たる理由もない。にも拘わらず、なんとも虫が好かない。

二

その思いは意外としつこく胸の底にわだかまっていた。

北町奉行所の臨時廻り同心葉暮七之介にとっては、同僚である定町廻り同心の畑中五平太という男がそうであった。

濃い眉《まゆ》と切れ長の目をもった畑中は美男といえる男だ。至極、要領のいい男と七之介は断じていた。年齢は確か七之介より一歳年下の二十六歳のはずだ。

もちろん取りたてて親しくしたい男ではなかったが、さりとてことさらに毛嫌いして遠ざける相手でもなかった。言ってみればどうでもいい人間なのだ。

にも拘わらず……なのである。

上司や同輩たちは、日ごろから七之介にたいして「小賢《こざか》しい」の「鉄面皮《てつめんぴ》」だの、はたまた「悪賢い」と陰口を叩《たた》いている。

なにしろ彼らは、七之介の姓名の葉暮をもじって「向こう見ずのはぐれ同心」とか「行き当たりばったりのはぐれ鴉《がらす》」などと冷笑している。

どんな種類の陰口も、そっくり当たっているようでもあるし、まるで見当違いでもあるような気がしていると、当人は歯牙《しが》にもかけない。

もともと自分自身が上司たちに好かれていないことは承知していたから「畑中五平太……きゃつもこのおれと同類同族ということか」という思いもあったのだ。

正直、七之介は奉行所の役人としての自分のことを「並の下」だろうと自己判断しているから、日ごろから奉行所内ではなるべく目立たぬように控えめに振る舞ってきたつもりだ。

とはいえ、御奉行の小田切土佐守直年《おだぎりとさのかみなおとし》は、ことさらにそんな七之介を気に入っている。というより、七之介の強《したた》かな剣の腕と、いざというときに臨《のぞ》む七之介の知恵や判断力や行動力を買っていて、奉行としての小田切の身の安全を守る影同心としての役目をも命じている。

まだある。小田切直年の二人の娘の下の知香《ちか》が、父親母親の目をかすめて、さらに奉行所の者たちの小うるさい目さえも巧みに躱して、町へ出かけたときも、それとなく守ってやってくれと申しつけられているのだ。

お知香という娘は、生まれ出る場所を間違えたのではないかと七之介は思っている。

とびっきりお俠《きゃん》な性格で、やることなすことが大胆だ。

お知香の住まいは当然、父親が奉行として腰を据えるだだっぴろい北町奉行所の敷地内である。

にも拘わらず、しばしば商家の娘らしい装いで町へと出歩く。しかも、なんと臨時廻り同心として町を歩く七之介を待ち伏せしたりするのである。

七之介は、お知香の誘いに乗って竹町の渡し場に近い船宿川勝《かわかつ》に呼び込まれて、ついその気になりかけたことすらある。

――御奉行の娘でなければ、遠慮なく馳走《ちそう》になるのになぁ。

七之介はそれでも、お知香をなだめすかし、駕籠《かご》に乗せて追い返し、未練を残しながらもなんとか事なきを得た――ということもあったのだ。

七之介はいま、浅草駒形《あさくさこまかた》の渡し場きわの小料理屋菊家《きくや》にきていた。

つい先日、お知香に誘い込まれた船宿は、渡し場の上流一町ばかりのところにあったし、七之介が手札を渡している仲蔵《なかぞう》のかみさんが営んでいる居酒屋初《はつ》音屋《ねや》は、渡し場の下流の小路にある。このあたりは日ごろから親しんでいる地なのだ。

七之介の前には、見た目にはちょいと気の利いたふうな酒膳《しゅぜん》が供されている。菊家というこの小料理屋の造りも趣も悪くはないと思うが、いま七之介の前にいる男二人が、天から気に入らない。

ひとりは定町廻り同心の畑中五平太。もうひとりは畑中に手札をもらっている岡っ引きの弥助という細っこい男だ。

この部屋に足を踏み入れたとき、すでに到着していた畑中と弥助は、揃って這いつくばり頭を下げていた。

七之介はすぐその理由《わけ》を悟った。

あの今川橋下の暗がりで卑劣な悪さをしたけもの三匹のうちの一匹が、この二人に関わりのある吉次だった。

しかも、吉次が七之介に刃向かってきたとき、その匕首を奪い取りあたふたと逃げる吉次の尻だか腰にその匕首を投げて突き立てた。

でも、吉次がこの二人にあの夜のことをどう伝えたか、あるいは二人が、あの一件をどうして知ったのか、七之介にはわからない。

しかし、そんなことは七之介にとってどうでもいいことであった。

七之介は、あの一件を放ったらかしておいた。三日が過ぎていたのだ。

まず弥助が、自分の手下であるとんでもない吉次の不祥事を認めたうえで、面目ないとまた這いつくばった。

仏頂面《ぶっちょうづら》の畑中は先回りして「この一件を葉暮どのが奉行所に公表せず内密にしてくださったことに、わたしからも厚く礼を申し上げます」とふん切りの悪い、そのくせ馬鹿ていねいな態度で言った。

七之介にしてみれば、おおっぴらにするのも面倒だったし、いずれはこっ酷《ぴど》い目に……とは思っていた。

つまりは忙しさにまぎれてつい後回しにしたのだ。

七之介は苦虫を嚙《か》み潰《つぶ》したような不快そのものの表情で言った。

「畑中さん、あの吉次という男のことは、どうでもいいと思ってるわけじゃねえ《え》がね」

弥助がすかさず割り込んだ。

「へえ。そりゃあもうごもっともで。でも、それもこれも酸いも甘いも嚙み分けていらっしゃる葉暮さまのこと、とりあえずは肚《はら》に納めてくださっていると思っておりやして」

　畑中はまたぎこちなく頭を下げた。

「弥助の手下《てか》は五人ほどおりますが、その奴らの不祥事はつまりこの畑中五平太の不徳のいたすところでもあり、葉暮どのがとりあえずは肚に納めてくださっていることに、わたしとしてもまず心から礼を申し上げる次第です」

「おっと、畑中さん」

「は？」

「そこは勘違いしてもらっては困ると言ってるんだがな」

「まぁまぁ、葉暮さま、おひとつどうぞ」

　弥助が盃《さかずき》と徳利を取って、七之介に酒をすすめる。

　七之介は、弥助が差し出す盃をぐいと押し返した。

「あ……葉暮さまは、こんなけちな盃で酒をお呑みにならない」

　弥助は手を打って小女《こおんな》を呼び、ぼってりした志乃焼《しのやき》のような大ぶりの湯呑みを持ってこさせた。

　七之介の膳にその湯呑みが置かれると、みずから徳利を取ってたぷたぷと注いだ。そして七之介は湯呑みをわしづかみにし無造作に口元に持っていって、ごくごくと喉《のど》を鳴らして酒を呑み干した。

「さすが、葉暮さまの呑みっぷりは、男でも惚《ほ》れぼれするほどにお見事で」

弥助がすかさず別の徳利の酒で湯呑みを満たした。

七之介は顎《あご》をひと撫でして、小粋《こいき》な拵《こしら》えの舟板天井をなんとなく見やっている。

畑中がちらりと弥助に目配せをする。

「葉暮さまもご多忙ご繁多の折……お手間をとらせてはと思いますので、失礼を百も承知のうえでずばり申し上げますが……」

「なんだ」

弥助が懐から、小ぶりの白い紙包みを取り出して、膳の脇の畳に滑らせた。

「どうぞお受け取りのほどを」

あきらかに金包みだ。目分量で小判五枚だろうと七之介は見当をつける。

「これは?」

「畑中さまとあっしの……つまりそのほんの御礼のしるしということで」

「御礼? お二人に御礼の金を頂戴するようなことは、おれはしてない」

「いえ。ですからこの、こたびの吉次のことで……」

「それだったら、まだなにも始まっていねぇし、終わってもいねぇだろうが」

「つまりその、このままそっと……穏便に納めていただければというお願いもあるわけでして」

「ふーん」

七之介がにやにやと笑った。

「へ？」

七之介の真意を察しかねて弥助が戸惑い、気を取り直して言った。

「畑中さまから手札をお預かりしているあっしとしましては、手足になって働いてくれる若いのをきっちり吟味《ぎんみ》して選んでおりやすが……へぇ、吉次の野郎は、出は川越《かわごえ》で、江戸に出てきてうろうろしているところをあっしが拾ったんでやすが、それでも奴のような取りこぼしもございやす。この吉次の一件は、そのまま畑中さまの信用にも関わります。そこでやはり、できますならば、このまま表沙汰《おもてざた》にしないでいただければということで……お願い申し上げている次第で、へい」

「ふーん。なるほどなぁ」

「そこはそれ、世の中の酸いも甘いも……というよりこの浮世のさだめのたて糸よこ糸と、そして情けのしがらみのありようを十分にわきまえておられる葉暮七之介さまのこと……」

「おっと弥助さんよ」

「へい？」

「おまえさん、この畑中さんの手札を預かる前は、なにをやってた？」

「へ？　それはその……ええと、大工を生業《なりわい》としてましたが」

「確か、柱に穴をうがち溝を掘るのみを振るって、博奕場《ばくちば》で大暴れしたんだったよな」

「あの……それはその……でしてね」

弥助は思わず身を引いて、肩をすぼめた。

「大工が、しけた博奕の勝ち負けで商売道具ののみを振り回して、仲間内の大喧嘩《げんか》はいけねぇがよ。でも、いまおまえさんが口にした台詞は、いっぱしじゃねぇか」

「いえ、そ、そんなことはございやせん、へい」

「ほれ、中村座とやらの役者の芝居の台詞みてぇでかっこよかったよ。え？　なんだって？　世の中の酸いも甘いも……？　というよりも、この浮世のさだめのたて糸とよこ糸と、そして情けのしがらみのありようを十分にわきまえておられる葉暮七之介さまのこと……？」

七之介は、弾けるように声をたてて笑った。

畑中五平太は、そっぽを向いて苦り切っている。

正座している弥助は肩をすぼめて身を固くしていて、しきりに右手で首すじをこすっている。

畑中がたまりかねて、わざとらしい空咳《からせき》をした。

七之介がやっと馬鹿笑いを納めて、膳の湯呑みを取って、ぐいと酒を喉に流し込んだ。

「葉暮どの。どうか……こたびのことは、この畑中五平太に免じて、ぜひともよろしくご寛宥《かんゆう》のほどをお願い申し上げる。このとおり」

畑中はうしろへからだをずらし、ひときわていねいに辞儀をした。

弥助はそこでまた懐に手を滑り込ませて、あらためての紙包みを取り出した。

「こ、これも……どうぞお納めを」

「え？　なんだい、ひょっとして礼金の追加かい」

「どうぞ……お納め願いやす」

──この金はとりあえず弥助が差し出してはいるが、実際は畑中がせっせと町の商人から掻き集めていた袖《そで》の下という金だろうよ。

肚の内でそう呟《つぶや》いた七之介だが、

──おれだってずいぶんいい加減なことをやってるから、偉そうなことは言えねぇけどな。

七之介はあえて畑中の顔を見ながら言った。

「つまり、おれが素直にうんと言いそうもないので、さらに鼻ぐすりを強めたということか」

畑中はさっとそっぽを向いた。

「……は……鼻ぐすりなどと、なにをおっしゃいますやら。ここはやはり、なんとしても葉暮さまのご理解とご寛容のお心にすがって、事を穏便にすませられればというこのわたしめの、一途《いちず》なお願いのしるしでございやす」

「弥助よ」

「へい」

「大工のころはせっせと家を建てただろうが、岡っ引きとしても結構、口が立つようだ。感心したぜ」

ずっと強ばった表情でいた畑中が、無理に頬《ほお》をゆるめて、上ずった声で言った。

「どうぞ、わたしどもの立場をご理解くださって、どうかその金子《きんす》をお納めください。お願いします」

「さてな、ご両人」

七之介があらためて、じろりと二人を睨《ね》めた。

「このおれは、北町奉行所での評判は知ってのとおりまるでかんばしくない。だろ？」

「へい。そりゃあもう……」

思わず弥助があたりまえのように返事をした。

畑中が慌てて弥助の尻を突っついている。

「でもな、葉暮七之介は、行き当たりばったりのはぐれ同心という言われ方を、結構気に入ってるんだぜ。このうたい文句が通用してるということは、それでいいということでもあるわけだろうが」

「へぇ。それはそれでよろしいのではございませんか」

得意げに笑う弥助の尻をまた、畑中が小突いている。

「なんにしても、面倒なことは大嫌いだ。お二人が是が非でも、なにがなんでもと言うのなら、仕方ねぇからこの金包み、しぶしぶではあるが預かっとくとしようかい」

そこで思わず、畑中と弥助はまた、両手をついて深ぶかと頭を下げ、異口同音に言った。

「ありがとうございます。恩に着ます……」

湯呑みの残り酒を、七之介は旨《うま》そうにゆっくりと呑み干した。

三

葉暮七之介にくっついている岡っ引きは仲蔵。若くして逝《い》った七之介の父親ほどの年齢だ。五十と四か五か。

がっしりしたからだと、いかつい顔の仲蔵には、男くさい活力と存在感がある。

その点、七之介の父親八右衛門《やえもん》は、勤め先の奉行所でも、八丁堀の役宅に戻ってきてもいつも控え目で、あえてひっそりとしているような男だった。

結局は、内臓がじわじわと壊死するといった、面倒な病で早々に逝った。

独り子の七之介としては、八右衛門が早逝《そうせい》した原因の半分は、女房の幾代《いくよ》、つまり自分の母親が夫の八右衛門にのべつ口うるさかったから、気の弱い八右衛門は活力を失ってつまるところ病に負けたと思っている。

——あの父親の一生には、面白おかしいことなど、ひとつもなかったのではないか。

七之介のそんな思いはずっと幼いときからあった。

——うじうじしたあんな人生なんて、冗談じゃやねぇなぁ。

そんな反発の思いはかなり根強くあって、結局は育ちざかりの七之介はついついグレて、いっとき母親の幾代をきりきり舞いさせた。

とはいえ七之介は、父親が望んだ役所勤めを拒むことなく、幾代をはらはらさせながらもこれまでなんとかつづけてきた。

いや、いまの葉暮七之介は、かつての母親の危惧《きぐ》や心配とはまるで無関係のところで、御奉行小田切直年に頼りにされているのである。

畑中五平太と弥助にさっさとおさらばして、その足で目と鼻の先の初音屋に寄った。

仲蔵は料理場の手伝いなどしていたが、いそいそと七之介を迎えてくれた。

「……で、その、畑中の旦那のいる目の前で弥助が差し出した金というのを、やっぱり受け取ったんですかい」

「おう」

「もちろん、あれこれお考えあってのことでしょうね」

「あれこれもへちまもねぇ。ここんところは同じ穴のむじなと思わせとけ、ということだ」

「同じ穴のむじな……？」

「当然、おれの手札を受けている仲蔵も同じ穴のむじなと思っているだろうな」

「このあっしも、同じ穴のむじなですかい」

分厚い唇を突き出した。

「なんだ、その顔は」

「きゃつらと同じ穴のむじな、へらへら喜ぶことではねぇですからね」

「それもこれも、考えあってのことだ」

「そりゃあそうでしょ。それにしても、吉次てぇ下司《げす》野郎の不始末を、内密にしてもらいてぇという穢《くさ》れ銭を受け取っておいて、このあっしまで胡散《うさん》臭いむじな扱いじゃあねぇ」

「だからよ、それもこれもきゃつらとのこれからの駆け引きを考えてのことだよ」

「まぁね、旦那のやることだ。なんでもいいですけどね」

「とりあえず仲蔵にも分け前を渡そうかい」

「お断りしますよ」

「そうお堅いこと言いなさんな」

「そんな冗談事はおいといて、巷のきな臭い話をしなくちゃね」

奥の小上がりにいる七之介と仲蔵の前に、五合徳利と湯呑み茶碗が二つ、それに小女子《こうなご》の佃煮《つくだに》の小鉢が出ている。

茶など出しても二人は口をつけることはない。お初《はつ》はよく気の回る女房なのだ。

「このところまた、凶悪な押し込み強盗があちこちに出没しているようで」

「おう」

「どうやらその悪党たちは、例の鬼坊主清吉《せいきち》の残党だとか」

鬼坊主清吉は鬼薊《おにあざみ》清吉ともいわれたが、その仲間二人とともに、就任したばかりの北町奉行小田切直年が江戸中引き廻しのうえ、容赦なく断裁した。奴らの盗賊としてのやり口は、ひたすら凶暴と残忍を極めた。首謀者三人を捕縛し、いち早く処刑した。それを機にいったんは江戸から姿を消した乾分どもが、またぞろ江戸に立ち戻って荒らし回っているらしい。というよりも、北町奉行小田切直年を逆恨みしてのこれ見よがしの犯行に及んでいるのが実情という。

そればかりではなく、御奉行自身や家族などもつけ狙《ねら》っている気配がある。

——定町廻り同心の連中と一緒に、悪党退治をやれと御奉行にしつこく言われているよ。

「鬼坊主清吉の残党どもは、とことん荒っぽいやり口で、きゃつらに押し入られた現場は、血みどろの死人がごろごろしていて目もあてられねぇとか」

七之介は眉根にしわを寄せて、手酌で酒を注いでぐびりと呑んだ。

きさらぎ二月の大川には和みのある賑《にぎ》わいはない。

〽流れただよう浮世の川で

すがる情けの夢の舟〜

川を上るらしい荷船の船頭が、ゆっくり漕《こ》ぐ櫓《ろ》の軋《きし》む音とだみ声の歌が聞こえている。

「……そりゃあまぁ、そうでなくても口うるさい御奉行には、やいのやいのと言われてるさ」

「葉暮の旦那がその気になってくれねぇと、奉行所は二進《にっち》も三進《さっち》もいかねぇようで」

「ふん。仲蔵までも見えすいた世辞を言うのかい」

「どっちにしたって、あの畑中さまや鈴木勘次郎さまという連中じゃあ、頼りにならねぇしね。ましてや老いぼれた与力のお偉方は口ばっかりだしねぇ」

勢い込む仲蔵をはぐらかすように、七之介が徳利を取って仲蔵の茶碗に酒を注ぐ。目顔で呑めとすすめた。

「そういやぁ、同じ穴のむじなといえば、人を化かしておちょくる、狸と狐だがな」

「それがどうしました」

「どっちも犬の仲間……犬の同類だと聞いたことがあるな」

「らしいですね。だから、それがどうしました」

「狸は猟師や犬たちに追い詰められると、さっと木に登るというぞ」

「いえ、狐だってぎりぎりまで追い詰められると木に登るという話を聞いたことがあります」

「でも、いざとなったら狐には狐の手があるからな」

「はぁ」

「ひょいと一瞬、物陰に身を隠して再び出てくると、途端にいい匂いのする美しい娘なんぞに化けている」

「よく耳にしますけど、そんな狐に出会ったことがねぇなぁ」

「でもな、狐が化けた娘というのは、そりゃ凄《すご》いらしい」

「どう凄いんですかね」

「だからよ、命の芯をそっくり引っこ抜かれたように、トロトロにされちまうんだとさ」

「それなら一度は化かされてみたいね」

「でもな、仲蔵」

「へい」

七之介は、手招きして仲蔵の顔を引き寄せて、ひそひそ声で言った。

「……トロトロといい気持ちになったあげく、ついでにトロトロと眠って目が覚めると、肝心の娘が掻き消えている……というわけだが、さて」

「へぇ。それならそれで、後腐れがなくていいねぇ」

「でも、な」

「でも？」

「その狐の場合はな、あれこれ極楽気分を味わっての一夜《ひとよ》があけた後……」

「つまり、いい匂いのする娘が、さっと姿を消しているんでしょ？」

「そうだ」

「それはそれでいいけどね」

「もうひとつ、消えているものがあるんだとか」

「もうひとつ……なにが消えるんですかい」

「男のしるしとしてある二つの玉のうち、ひとつが消えているというぞ」

「え？　ど、どういうことです、それって」

「さぁてな。ま、仲蔵も気をつけるこったな」

仲蔵は大仰に身震いをした。

「なんだか知らねぇけど、いつの間にか旦那の口車に乗せられて、とんでもねぇ世迷い言にたぶらかされるとこだった」

「やっぱり、死に物狂いでしがみついて手に入れたお初さんがいいだろ」

「放っといておくんなさい！」

どうやら本気でむくれたらしい。

「あ、そうそう。肝心のことを忘れるとこだった。あのね、旦那」

鼻も目も唇も大作りの仲蔵の顔が、くいと引き締まったように見えた。

「次郎兵衛長屋の木戸番の宇兵衛というとっつあんですけどね」

「おう」

七之介は、即座にあの龍閑川今川橋での一件を思い出した。

「じつはあのとっつあんとは、ずっと顔見知りでしてね」

「ほう、そうかい。あのとっつあん、からだはだいぶよれているようだが、今川橋の橋下で血に飢えた狼のような餓鬼三匹に、危うく手込めにされかけた娘を守ったぜ」

「いえ、間一髪のところを、旦那に救われたと申しておりました」

「おれは定町廻りの奴らと異なり、あちこちの木戸番の者などとはなじみはねぇが、確かに旦那を知っておりますなんて言っていた」

「そのとっつあんですがね、ちょいと気になることを聞きましたんで」

「どんなことだ」

「あのときの旦那に救われた娘……」

「うむ。本石町一丁目の小間物屋伊吹屋の女中おきくとかいったな」

「へぇ。あのおきくという娘は、伊吹屋の若旦那の信二郎《しんじろう》に見染められて、来春には嫁に納まるとかでしてね」

「ふーん。そりゃあ玉の輿《こし》ってぇやつだな」

「江戸広しといえども、台所女中があの大身代の伊吹屋の若主人の嫁にといった話は、そうざらにあるもんじゃございやせん」

「そうだろうな。当の二人がいくら惚れ合っていても、大店《おおだな》の若旦那ともなると、父親母親や親類縁者連中のうるさいのがすんなり認めようとしねぇのさ。だがそのめでたい話がどうしたっていうんだい」

「じかにそのめでてぇ話と関わることではねぇんですがね。宇兵衛のとっつあんが折り入って話したいことがあるというんで、腰を据えて聞いてやったんですよ」

「折り入って話したいこととは?」

「とんでもねぇことでしてね、これが」

「どういうことだ」

「つまり……」

「つまり?」

「あれこれのいきさつがあって、放っとくとあの伊吹屋にいずれ、盗賊どもが押し入るというんです」

「そのいきさつとは、どういうことだ。次郎兵衛長屋の木戸番としての話か」

「それが違うんですよ」

「じゃ、なんだっていうんだ」

「宇兵衛は以前……若いころ、生まれ在所の川越で、岡っ引きの手下として働いたことがあるんですと」

「へぇ。そうかい。あのとっつあんが……。そういえば、いまでもぐうたらぐうたらと年をくった男には見えねぇな」

「あっしもね、いままでのふだんのとっつあんの気働きや目つきや振る舞いから推して、なんとなく、ただの素っ堅気《かたぎ》ではねぇようには思ってはいたんですけどね」

「仲蔵」

「へい」

「宇兵衛の話、おれがじかに訊《き》こう」

「そうお願いできればと思ってやした」

七之介はそこで「ちッ！」と舌打ちをした。

仲蔵が首をすくめた。

「狐や狸が化けた娘とでもいいから、トロトロとヘロヘロといい思いをしたいなんて馬鹿話より先に、それを言えよ。阿呆《あほう》！」

まるで煮くずれた豆腐のようだった仲蔵の顔が、ぎゅっと締まった。と。

「くくく……」とちょっと色っぽいふくみ笑いの声がした。

料理の皿小鉢の乗った盆をささげたお初が、土間に立っていた。二人のやりとりをつい聞いてしまい、思わず吹き出したのだった。

「うちの仲蔵が旦那にどやされているときって、そりゃあ神妙で……かわいいんですよねぇ」

お初はまだ、くくくと笑っている。

# 四

葉暮七之介は、奉行所の上司や同輩らにあきらかに敬遠されている。そのことを本人もしっかり自覚している。

自覚はしているが、じつのところまるで負担には思っていない。そればかりか、

——下っ端役人としては、お陰さまで思いのままにやれる……文句ねぇ。

なのである。

敬遠とは文字どおり「敬《けい》して遠ざける」こと。つまりは、表面では敬《うやま》うような態度をとりながら、肚の内では侮《あなど》り、そっぽを向くということだ。

七之介にとっては、奉行所の役人のすべてが自分とはうまが合わないとずっと思ってきたから、もっぱら「敬して遠ざける」でやってきた。

二年半ほど前、ふとしたことから御家人澄川伊右衛門《すみかわいえもん》の倅三之丞《せがれさんのじょう》という若者と親しくなった。その三之丞の仲立ちで献残屋《けんざんや》の祝屋半兵衛《いわいやはんべえ》の別宅に出入りす

るようになった。

その別宅は、橋本町《はしもとちょう》一丁目にある。上野のお山の向こうの根岸《ねぎし》や川向こうの向島《むこうじま》などという閑静な場所にあるわけではないが家の造りはなかなか小粋で、第一に足の便がいいので、七之介は気軽に立ち寄る。

いや、雑用の多い七之介がこまめに半兵衛のこの別宅に立ち寄るのには、もうひとつ大きな理由がある。

それは、この家には、いま売れっこの葛飾北斎《かつしかほくさい》という浮世絵師がよく現れる。

その北斎と幼なじみだという大田直次郎《おおたなおじろう》、この男もれっきとした幕府の役人でありながら、南畝《なんぽ》とか蜀山人《しょくさんじん》とかのいくつもの筆名を駆使して、戯作だの狂歌だので活躍する才人で、よく現れる。

しかも澄川三之丞は、北斎の弟子でまことしやかな葛飾北参《ほくさん》という名をもらい、北斎が絵を描く傍《かたわ》らで助手を務めたりしているのだ。

おまけにその三之丞の調子のいい口車に乗せられて、なんと七之介も大田直次郎の弟子にさせられたのである。

弟子としての七之介の筆名は「何藻仙蔵――なにもせんぞう」。

師匠の大田直次郎に「とにかくなんでもいいから書いてみなさい」とすすめ

られ、狂歌らしきものをいくつか書いて見せた。

三十ばかりの狂歌めいたものを眺めた師匠は「どんどん書きなさい」と言っただけで、もう一年ほどが経った。

七之介は、自分に文才などからきしないと自覚しているが、なにしろこの別宅で出会う北斎や直次郎、そして三之丞に、さらにあるじ祝屋半兵衛なる男も含めて、そっくり気に入っている。

——本音をひた隠しにした奉行所の役人とは大違いの男たちだものなぁ。

その実感が、いまの七之介にとって貴重なのである。

献残屋という半兵衛の商いは、とりあえず武家が相手である。

幕府をはじめ、大名や旗本などの間での儀礼の挨拶《あいさつ》にともなうさまざまな贈答品や貢ぎ物の主役は、全国各地の産物である。

献残屋が扱うものは、主として織物や工芸品や海産物などだ。贈答を受けた側は必要量を確保し、それ以上のものは献残屋を呼んで買い取らせる。要するに換金する。

献残屋は、それらの品をあらためて区分けし整え直して、下級の武士や一般の町家に転売して利益をあげるのだ。

この商い、結構な旨みがあるらしいが、祝屋半兵衛にはもうひとつ、とんでもない裏商いがあるのだ。

大田直次郎の冴《さ》えない弟子である何藻仙蔵こと葉暮七之介と、葛飾北斎お気に入りの葛飾北参こと澄川三之丞に、ときおり「悪党の陰始末」といったものを依頼してくるのである。

――このお願いする仕事は、あまり商売になりそうもない何藻仙蔵さんと葛飾北参さんの副業として役立てばというつもりですので、その点くれぐれもよろしくご案配を。

にこやかな商人面《づら》をして、結構ツケツケと言うべきことは言ってのける半兵衛だ。

――祝屋半兵衛という男、とても一筋縄ではいかねぇようだ。だが、やることなすこと、どれもこれも面白《おもしれ》ぇ。

まるでいまでは、幼いときからの友のような……というより、同じ母親の腹から生まれ出た兄弟のような七之介と三之丞だが、折にふれての七之介のそんな呟きを、三之丞はちょっと小首をかしげながら微笑でうなずく。

半兵衛の献残屋としての店は、日本橋橘町《たちばなちょう》一丁目にある。

なにしろ、大名や旗本の御用人といった口喧《やかま》しく小うるさい武家を相手にすることが多いから、番頭以下の店の者もよくしつけられている。

半兵衛も商売熱心でつとめて店に出ているが、別宅に北斎や直次郎が立ち寄るときには暇をつくってこまめに別宅に顔を出す。

いまも、半兵衛がわざわざ画室ふうに造った奥の部屋に、ふらりと立ち寄った北斎が、せっせと絵筆を走らせている。

しかしきょうは、若い娘を目の前にした写生ではない。

このところ彼が執心しているのは、大判の画帳に思いつくままに描くいわば素描集だ。

絵柄は、大凧《おおだこ》を揚げようとする男と幼い子どもたちだったり、恵方万歳《えほうまんざい》の太夫《たゆう》だったり、町場の雪景色だったり、山の峰の遠望だったり、かと思うと蝶《ちょう》や蜘蛛《くも》や蛇《へび》や船虫《ふなむし》だったりと千変万化している。

絵師としてのこれまでのなにげない時の移ろいのさなかで、見て、記憶していたあれこれのものをしっかり紙に描いているのだ。

北斎はこの画集を「漫画」と称しているが、この言葉の意味は「思いつくままに」と説明していた。

生身の若い娘を目の前にして写し描くときは、三之丞もせっせと手伝ったりするし、七之介も邪魔にならないように部屋の隅に身を寄せて見学させてもらう。

初めは着衣だったはずの娘が、北斎のよく光るまなざしに酔わされたように、みずから衿元《えりもと》をひろげ、膝《ひざ》をくずして、からだ全体で媚《こ》びる姿態になる——そんなときの北斎の鋭く熱っぽい目には魔術が込められているようだ。

——でも、独りでせっせとあれこれの素描きをする北斎じゃつまらねぇな。

七之介は勝手に不満顔をするが、半兵衛は文句も言わずいつもニコニコ顔で見守っている。

とうに五十の坂にさしかかる半兵衛にかしずくのはおさよという女だ。

口数の少ないおさよは涼しげな眸《め》をしたなよやかな女で、独り身の七之介は「羨《うらや》ましいなぁ」と、口走ったりする。

半兵衛は半兵衛で、

——年寄りの生き甲斐《がい》なんて、いい匂いのするいい女にやさしくされることくらいの楽しみしかありませんからね。

ぬけぬけとそう言われて、七之介はあからさまに鼻白んだりしている。

半兵衛の居室である小庭に面した六畳間である。

きょうは、おさよが浅草寺《せんそうじ》へ参詣に出かけているということで、いつもの酒膳は出ず、半兵衛がみずから淹《い》れた茶が出た。

七之介も三之丞も、興の乗らない真面目顔で座っている。

「さてさて、お二人にお願いをとなれば、例によって世間さまにはあからさまにできない野暮用でございましてね」

つまり、半兵衛の言い草を借りれば「一にも二にも、世のため人のための陰仕事」ということだ。

七之介がそれとなく三之丞を見やる。例によって三之丞はちょっと小首をかしげて、柔らかく微笑した。

「……ひと言で言えば、飢えた狼のような浪人……それも三人組がいましてね」

「うむ」と七之介がうなずいた。

「真面目一途な錺職人《かざりしょくにん》のひとり娘を、酷い目に遭わせた」

三之丞の柔和な表情はそのままだが、七之介はぴくりと右の眉を動かした。

三之丞が常と変わらぬ冴えた声で訊いた。

「半兵衛さんとその娘の父親……錺職人をしている男と、とくに昵懇《じっこん》なのですか？」

「……はい。そういうことです。この三人の浪人たちですがね……。このところ巷《ちまた》のあちこちの商家に押し入って、金品を奪うためには手当たり次第に何人もの者を殺《あや》めるという盗人《ぬすっと》の群れがいますでしょう」

七之介が重い息を吐いた。

所詮《しょせん》半兵衛は、そのへんの金儲《もう》けばかりの俗物商人とは違うのだ。

それと、献残屋という商売のせいもあるのかどうか、奉行所の七之介さえも「え？」とびっくりするような、あれこれの話も仕入れてくる。

「浪人三人組は、どうやらその盗人たちとも関わっているらしいのです」

半兵衛があらためて七之介を見やる。

「もちろん、北町奉行所の葉暮七之介さんにも大いに関わりがおありでしょうけど、ここではやっぱり、大田南畝先生のお弟子さんである何藻仙蔵さんに、格別なご助力を願いたいということでして、はい」

「つまりは、奉行所の役人を頼りにしていては、とんと埒《らち》があかねぇということかな?」

「おっしゃるとおりで。いえ、あ奴らはひとしきり悪さをすると、さっさと西の方へとずらかるとも耳にしてますのでね。ずるずると放っとけませんので、はい」

「半兵衛さんも黙って見ていられないか」

七之介と三之丞はしみじみと、角張った半兵衛の顔を見つめる。

「そりゃあ、このわたしにもいろいろいきさつがあってのことですがね。ま、それは置いといて……」

七之介が半兵衛の言葉をさえぎって言った。

「こう言ってはなんだが……祝屋半兵衛さんというお方は妙なお人だなぁ」

「妙と言われれば妙でしょうねぇ。でもね、わたしはただ、世間さまで言われるぜいたくな遊びなぞというものには、まるで興味も関心もない偏屈な男。そしてひたすら胡散臭くてずるいけものが大嫌いといった……ま、それだけの男でございますよ」

三之丞が静かな口調で言った。

「だけども、北町奉行所の臨時回り同心、葉暮七之介どのとしてはなにかと忙しいらしいですけどね」

七之介は、にやりと笑った。

「だからよ、半兵衛さんが言ったように、こたびの一件は、この半兵衛さんの別宅にちょくちょく現れる出来損ないの戯作者、何藻仙蔵の裏仕事ということだろうが」

「でも、やたら忙しいことに変わりはないでしょうに」

「そこだ。半兵衛さんからのたっぷりの礼金もあるし、となれば暇などはいくらでもつくり出せるというもんだ」

半兵衛は、呑み残しの冷えきった茶を旨そうに呑んでから言った。

「さてね、お二人がお引き受けくださるということで、もうひとつついでに申し添えたいことがございましてね」

「ほう」

七之介はもうかなりその気のようだ。

「これはさらに確かめねばと思ってますが……いまやたら巷で荒っぽく暴れ回っている奴らというのは、あの……鬼坊主清吉とか鬼薊清吉と名乗っていた盗人の残党という噂《うわさ》ですけどね」

「うむ」

七之介が唇をきっと結び、思案顔になった。

鬼坊主清吉と仲間二人の処刑から一月《ひとつき》もしないうちに、いったんは四散した仲間たちが密かにまた集まってきたということは、仲蔵の話にも出てきた。もちろん奉行所の連中も察知していた。

「算盤《そろばん》で銭勘定ばかりしているような商人ごときが、口幅《くちはば》ったいことを言うつもりはありませんけどね。近ごろの世の中、真面目に暮らしている者たちをコケにする悪党が多くて……でも奉行所のやることがまだるっこしくてねぇ。こんなこと、八丁堀の旦那とよばれるお方にはじかには言えませんけどね」

そんな半兵衛のからかい半分の言い草も、七之介には馬耳東風である。

「なぁ、三之丞よ」

「はい」

「半兵衛さん依頼のこたびの一件、あれこれ面白そうじゃねぇか。この際、七重の膝を八重に折って、やらしてもらおうじゃねぇかい」

三之丞は、また小首をかしげるようにして柔らかく微笑した。

　ふすまの向こうに浅草寺へ出かけていたというおさよが立ち戻ったらしく、台所女中との会話のやりとりがもれ聞こえてくる。

「そうと話がまとまれば、おさよに酒の用意でもさせましょうかね」

　半兵衛が立ち上がりながら言い足した。

「北斎の旦那は、まだ飽きることなく色気のない蛙《かえる》だの鯰《なまず》の絵を描いているんですかね。あのお方も頑固でわたし以上に偏屈だなぁ」

　呟きながらの半兵衛が部屋を出て行くのを待って、

「おお、からだも気持ちもすっかり冷えたぜ。まずはおさよさんがつけてくれる熱燗《あつかん》でくいと一杯やりてぇな」

　七之介の遠慮なしの声は、そっくり半兵衛やおさよにも聞こえているはずである。

# 第二章　けもの道

一

浅草駒形の渡しを利用する者たちの表情にも和《なご》みがうかがえる。幅広い川の水面をかすめる風にもホンの少しだが、春の匂いと柔らかさが加わったからだ。でも、このまま本格の春になるとは限らない。

仲蔵の女房お初が営む居酒屋初音屋は、その駒形の渡し場に近い。

時刻は昼日中の八つ半刻（午後三時）、もちろんまだ酔客の姿はない。

店の土間の奥の小上がりにいるのは、北町奉行小田切直年の次女お知香と、浮かぬ顔の葉暮七之介だ。

「このお店の仲蔵さんとお初さんというご夫婦は、よく気が利くようですね」

お知香のにこやかな表情とはうらはらに、七之介の機嫌は悪そうだ。

「そうそう北町奉行所の臨時廻り同心、葉暮七之介さまの息のかかったあの仲蔵さんのまたの呼び名は〈見て見ぬふりの仲蔵〉とか。でも、世の中の胡散臭い嘘や悪い隠し事は、間違いなくずばり見とおすと評判でしょう？」

「お嬢さん」

「はい？」

「仲蔵のことはともかく、こういう所へちょくちょく出かけてきてはいけませんよ」

「この初音屋という店は、初め七之介さまがわたしを連れ込んだのでしょ？」

「連れ込んだとは人聞きが悪い。だいたい、浅草寺の参道でばったり出くわしたお嬢さんが大きな声でわぁわぁ騒ぐんで、仕方なくなんとかここへ引っぱり込んだんですよ」

「わぁわぁ騒ぐって……ちょっと一緒にお茶でも、とお誘いしただけでしたよ。その七之介さまの言い方こそ、人聞きが悪いというものですよ」

七之介は空咳をひとつして、いったん口をつぐみ、大きく息をついてからまた喋《しゃべ》った。

「お嬢さん」

「そのお嬢さんと言うの、やめてください。名前は知香です」

「でも、あなたは北町奉行小田切直年さまの娘御……居酒屋の小女《こおんな》でもなければ長屋の日雇取りの小娘でもない。奉行所の下っ端の同心、葉暮七之介にとっては別格のお方ですよ。どう間違ってもお知香さんなんて親しげに呼べる間柄じゃない！」

「だから」

「だから？」

「奉行所の人たちがいる場所では他人行儀でもいいですけど、二人っきりのこういう場所では別にしてと言っているのです」

つい七之介は目を見開いて、お知香の顔をあらためて見た。

「そ、それも、周りの者が耳にしたら、妙な勘ぐりをするじゃありませんか」

「妙な勘ぐり？　いいじゃありませんか」

「冗談でしょ。根も葉もないことをやたら口にしないでいただきたい」

七之介はぷいと天井を向いて腕組みをした。

「そんなに、この知香がお嫌い？」

「嫌いとか好きとか……困ったお人だ」

「それなら一歩も二歩もゆずって……七之介さまは、奉行小田切直年の身柄を守る影同心としての役目を命じられていましたよね」

　七之介は、むすりとした顔のままうなずいた。

「それと、ついでにこのわたしの面倒もと、言われていたはずですけれど」

「それはその、お嬢さんがよくおひとりで町に出られるので、それを心配した御奉行が、それとなく見守ってほしいということで……」

「それごらんなさい。このわたしを邪慳《じゃけん》に突き放したりできないはずですよ」

「邪慳に突き放したりなどしませんよ。でもね、お嬢さん」

「はい？」

　花のような微笑をたたえて、あらためて七之介に顔を寄せた。七之介は思わず身を引いた。

「いいですか、お嬢さん。はっきり申し上げますとね、遣り手の北町奉行のお父上のあれこれの仕事の絡みで、悪党の残党らしき連中がウロウロしてるようなんですよ」

「以前、父の命令で処刑された悪党連中の……しつこく卑《いや》しい乾分たちが逆怨《さかうら》みしてのことですか?」

「そうです。ま、はっきり申し上げますけど、御奉行のお父上を怨むならともかく、どうやらそのご家族も狙っているらしいというのです」

「十分承知していますよ」

「だったら軽はずみに出歩かないで、お屋敷にじっとしていてください」

「まぁ、七之介さまともあろうお方が、ずいぶんと不粋なことをおっしゃいますね」

「不粋もヘチマもないでしょう。万が一のことでもあったら、取り返しがつかない!」

「取り返しがつかないような大事件を未然に防ぐために、臨時廻り同心とか隠密廻りといったお役人がいるのではありません?」

七之介は、お知香のきっぱりとしたその言葉に一瞬詰まった。

「……あの、ただひたすらいかめしい奉行所と同じ敷地内の、棟つづきのような奥の部屋で毎日じっと石のように肩を竦《すく》めて過ごせって言われても、知香には耐えられません。だから……頼り甲斐《がい》のある葉暮七之介さまに……一生懸命助けを求めているのに……それに……」

「それに？」

「こんなときに、母がとんでもないことを言い出すのです」

「とんでもないこととは、どんなことです」

「しっかり、花嫁修業をなさいなんて」

「ほう」

「どうやら……あの相良勘吉郎《さがらかんきちろう》と、わたしをくっつけようとしてるんです」

「くっつけるとは？」

「夫婦《めおと》にさせるということです。わたしはあんなのっぺり男は大嫌いッ！」

いきなりお知香は顔を両手で覆ってすすり泣きはじめた。

「おっと……お嬢さん、泣かないでくださいよ」

七之介はだらしなく慌てふためいている。

「わたしには、こんな相談を……いえ、泣き言を言える人も……いない……」

小卓をはさんでお知香と向き合って座っていた七之介はあたふたと立ち上がり、回り込んでお知香の背後から両の肩を抱いた。

「……お嬢さん、泣いたりしないでください。なにもお嬢さんを邪慳にしているつもりはありません。どんなことがあっても、お嬢さんに万が一のことなど

「……この七之介がちゃんとお守りしますよ」

お知香が身をよじって、七之介の胸にしがみつく。むせび泣きの声が高くなった。

七之介は、途方にくれたような顔でお知香の背をゆっくりとさすっている。と。

ガラリ！　と店の土間の障子戸が開いた。

澄川三之丞が入ってきた。

「おじゃましますよ」

七之介は、そそくさとお知香のからだから離れた。

三之丞が、小上がりの七之介とお知香を見た。

「あら……ほんとに邪魔したようですね、すみません！」

さすがにお知香はしどろもどろの風情で、衿元を整え、髪を撫でつけ、まぶたのあたりを指で押さえたりしている。

「お嬢さん、駕籠《かご》をよびましょうか」

七之介の言葉にお知香は、はっきり答えた。

「ご心配無用です。駕籠は自分で探します」

お知香の履物は三之丞が素早く揃えた。

武家生まれの三之丞だが、いつどんな場面でも、格式だの身分だのにこだわることはない。商家に生まれて、幼いときから商人《あきんど》としてのしつけやたしなみ、そして礼儀作法を仕込まれた者のようにすんなり振る舞う。

一瞬、ためらいを見せたお知香だが、三之丞に会釈して、浅葱《あさぎ》色の鼻緒で黒塗りの愛らしい下駄を履く。そしておもむろに袂《たもと》から小布を取り出すと手ぎわよくかぶった。

薄紫色の絹地の頭巾《ずきん》だった。髪と頬を覆うと、くっきりした目鼻立ちの顔の白さがきわ立った。

涙で濡れた眸《め》でちらと七之介を見返り、そのまま足早に土間を出ていった。

七之介は心配顔で見送った。

「気の利かないことしたようで」

「三之丞、勘違いするな」

「泣きつかれましたか」

「大迷惑してたとこだ。正直、助かったよ」

「ならいいですけどね。でもなんとなく、釣り落とした魚は大きい……みたいな顔をしてましたよ」

「うるさい！　余計な勘ぐりをするなよ。ま、ふだんはのほほんと屈託ない娘だが、いまはかなり苛《いら》ついているな」

「外に出るな。屋敷内にいろときつく言われているようですね」

「それでなくとも、奉行所と同じ敷地内に閉じ込められていることが、気に入らねぇらしいから」

「お立場はお立場ですけど……なんとなく可哀想ですねぇ」

「おまけにおふくろさんに、それとなくあの相良勘吉郎と近々祝言《しゅうげん》をなどと言われているらしい」

「そのことを本人が頭から厭《いや》がっているそうですね。そりゃあ、なんとかしてやらねば。あのお嬢さん、生かすも殺すも七之介さん次第だ」

「冗談じゃねぇよ。それより、半兵衛さんの件だ」

「それそれ……それですよ」

「なにがどうした？」

「今朝、また半兵衛さんによばれたんですけど、あの錺職人の娘のことで」

「催促してるのかい。早いとこやれとかさ」

「ま、そういうことです」

「そんな……野良猫や野良犬を片づけるようにいくわけねぇだろうが」

「半兵衛さんも、なにしろ足も短けりゃあ気も短いわけで、と言ってました」

「それで半兵衛さんの急な用とは？」

「娘の名はおとみというんだそうですけど、そのおとみがなんと、上野広小路の人混みの中で、自分を手込めにした三人の浪人のうちのひとりを見かけたんですと」

「そりゃまた……面白《おもしれ》ぇ話だな」

「おとみは、その浪人のあとを跟《つ》けた……」

「おお」

「おとみは浪人たちに酷い目に遭わされているそのさなかにあっても、そのうちのひとりの浪人の顔をしっかり覚えていたというんです」

「それにしても、年端のいかねぇ娘っこがよくやったよな」

「まるでカマキリのようなあの男の顔を見忘れるわけはないと、おとみは熱《いき》り立ってたとか」

「それで？」

「とにかくそのカマキリに気づかれないように根岸の里まで跟けて……」

「あのあたりは……とりわけいまごろは人影も少ないところだから、あべこべに気づかれでもしたら事だったな」

「おとみも途中で恐ろしくなり、何度もあきらめかけたけど……とにかくきゃつの隠れ家を突き止めて帰ってきたというんです」

「近ごろの娘っこはいざとなれば、ヘナヘナの若い男なんぞよりよっぽどやるというもんだぜ。三之丞も嫁にはおとみみてぇな娘がいいな」

七之介の話を三之丞は無視した。

「でも、黄昏《たそがれ》てからのことだったら、尻込みしたでしょうけどね」

「そこでだ、三之丞」

「はい」

「根岸といっても広い。さっそく出かけてくれたんだよな」

「おとみにあらためてよく質《ただ》して、調べましたよ」

「さすがおれの相棒。ぬかりはねえな」

「根岸の西蔵院《さいぞういん》、西隣は円光寺《えんこうじ》という閑静な場所。知ってのとおり、金持ちの商人などの別宅や寮のある一帯で、ちょっと離れた雑木林の中のあばら家が、きゃつらの隠れ家でした。でもきょうは猫一匹いませんでしたよ」

「ふーん」

「周囲の百姓衆にもそれとなく訊き歩きましたけど、垢《あか》じみた浪人が三人ほど暮らしていることは確かだと言ってました」

「阿呆な悪党たちは、人の目につかぬようにとわざわざ人気《ひとけ》のねぇ在方《ざいかた》や山里へのこのこ出かける。ところが、やたら賑わっている盛り場や町場と異なり、在方や山里では、他所《よそ》者が入り込めば否も応もなくあべこべに目に立つってぇもんだ。心根の腐った奴らは所詮《しょせん》、空気や水のきれいなところでは暮らせねぇんだよな」

「そう、仲蔵も口ぐせのようにそう言ってましたよね」

得意げな七之介の顔がとたんにしぼんだ。

土間の障子戸が荒っぽく引き開けられた。

「お初ぅ、戻ったぜ！　お初ぅ！」

仲蔵が勢い込んで入ってきた。

「おう、仲蔵、ここ借りてるぜ」

「あ、旦那、おいででしたか。お初は？」

「さっき顔を見たが、近所に買い物にでも出たんじゃねぇかい」

「三之丞さんもいらしてるというのに、お二人を放ったらかしとは気の利かねぇこって」

「いいんだ、あれこれ小面倒な話があってな」

「あ、それよりも、ゆうべのことご存じで？」

「なにかあったかい」

「浅草阿部川町《あべかわちょう》の鼻緒問屋の吉田屋《よしだや》に、また押し込み強盗が入りやしてね。有り金の八十両を奪い、例によって若いかみさんと女中二人に勝手放題をやらかしました。浪人ふうが三人、黒装束が五人とかで」

七之介も三之丞もむっつり黙りこくった。

「それで？」と、七之介の口も重い。

「主人ら三人の男は、掻き集められたしごきだの帯だのでぎりぎり縛りあげられていたものの、屈強な手代のひとりがなんとかその縛りを解いて、台所にすっ飛んでいって包丁を握って……」

「そりゃあ、度胸がある！」

三之丞が合いの手を入れた。

「いえ、その手代は台所口を開けて外に飛び出し、近所中にめいっぱい『火事だ！　火事だ！』と叫んだそうです」

「火事だと叫んだのか」

「泥棒だ、押し込み強盗だと騒ぎ立てたら、近所の家はみな怖がって、外に出てこないばかりか、戸を閉め切ってしまう。『火事だ！』となったら誰もが知らん顔できない。だからその手代は、もしなにかあったときには『火事だ！』と大声で叫ぼうと思っていたというんです」

「なるほど、よく考えたなぁ」

「とたんに、悪党どもは長居は無用とどたばたと逃げ出した。いちばん後から台所口に飛び出してきた浪人ふうの男が蹴っつまずいて転んだ。それを見ていた手代が包丁で顔に斬《き》りつけたというんです」

「へえ！」

三之丞は肚《はら》の底から感心しているようだ。

「でも所詮は、だんびらを持っている相手だから、すぐに手代は逃げた」

「その手代の包丁傷は、なにかの手がかりになるだろうよ」

仲蔵が大きくうなずいた。

「やっぱり、鬼薊の残党の仕業かい」

「そんなドタバタの間ぎわにも、薊の花を描いた紙きれを残していったと聞いてます」

眉根にたてじわを寄せて、七之介は腕組みをした。

「逃げ去るときに蹴っつまずいて、転ぶドジな浪人が出るなんてことを考えてもいなかったんだろうよ」

仲蔵が声を落とした。

「話は変わりますがね……下っ引きの宗八《そうはち》のことですが……」

「宗八？　それがどうした。こんなときになにが宗八だい」

「ゆうべ悪党どもが押し入った吉田屋は、浅草阿部川町の西側の祢念寺《しょうねんじ》の門前。宗八がたまたま女遊びでしけ込んだ家は、反対の北の端で……つまり法成寺《ほうじょうじ》の裏塀に張りついたような、あいまい宿だったということで」

「宗八の女遊びが、どうしたっていうんだ」

「ま、聞いてください。そこは表向きは小料理屋ということになっている家ですが、安い女遊びが売りの隠れ宿で」

「まだるっこしい話は、かんべんしてくれ」

「いえ、肝心なのはここから先です。宗八がしけ込んでいたそのあいまい宿へ、夜中にごそごそと逃げ込んできた男がいて……たまたま小便に起きた宗八が見たその浪人の顔は、頰をざくりと斬り裂かれていたというんです」

七之介がじろりと仲蔵を見返した。

「どうやらその浪人者と、宿を営む夫婦はなじみらしかったと宗八は言うんですがね」

「治《ち》に居て乱を忘れず、だな」

「へ？」

「だからよ、女とのみだら遊びのさなかでも気配りを怠らねぇってことだ。さすが仲蔵が使っている下っ引きは役に立つ。吉次なんて野郎とやることが違うな。でもよ、肝心なのはそこからだ。その先は？」

「男は……竹田《たけだ》頭巾というんですかね、目だけが出る黒頭巾をかぶって、朝が明けきらぬうちにこそこそ出ていった……」

「宗八は当然のこと、男を跟《つ》けたのだな」

間髪を入れずに三之丞が訊く。

「男が辿《たど》り着いた先は、どこだ？」

「根岸の里で」

三之丞の質問に答えるように、七之介が口を開いた。

「たとえば……根岸は、西蔵院という寺。西隣は円光寺という閑静な場所。その西蔵院から近い雑木林に囲まれたあばら家、なんてところかい」

「へ？」

仲蔵がきょとんとした。

「いってえ、なにがどうしたんです？」

仲蔵が目ん玉を剥《む》いている。

二

七之介と三之丞が、祝屋半兵衛から頼まれた裏仕事の標的である屑《くず》浪人三人の隠れ家は、なんと、被害者本人である錺職人幸吉《こうきち》の娘おとみが、収まりのつかない口惜《くちお》しさと恨み心をテコにして見つけ出した。

おまけに仲蔵の手下の宗八が、女遊びのついでに押し込み強盗の一味である手負いの浪人の隠れ家を突き止めたという。

しかももう、三之丞がしっかり下調べしている。

徳川家の菩提寺東叡山寛永寺《ぼだいじとうえいざんかんえいじ》のある上野のお山の東北にあたる低地を根岸という。上野台の根のきわにあるのでこの名がついたとか。

この一帯は、清流音無川《おとなしがわ》（石神井川《しゃくじいがわ》）がもたらす四季折々の風情のおかげか、文字どおり閑静で風光明媚《めいび》な地だ。

なにしろ、のどかな春の鶯《うぐいす》から、水辺に遊ぶ水鶏《くいな》たちの和みのある景色がいい。薫風《くんぷう》にゆれる藤の花の優雅、夢幻を誘う螢《ほたる》の情趣。さらに月、枯れ野、そして雪と四季を通じての自然の絵巻は絶品とあって、富商などが競って別宅や寮を構える。

もともと、この根岸の里から北西へと広がる金杉《かなすぎ》村、谷中《やなか》村、新堀《にっぽり》村、三河島《みかわしま》村、町屋《まちや》村、下尾久《しもおぐ》村、上尾久村などは、風雅とは縁遠い気の遠くなるような広大な田園地帯である。

ところどころに疎林《そりん》に囲まれた寺もあるのだが、参詣人も村人の姿もまばらだ。それだけに、怪しげな浪人三人が隠れ棲むとなれば、目立つにきまっているのだ。

仲蔵が言うように、意地汚いどぶ鼠《ねずみ》は、雑踏をきわめる江戸の町中にまぎれ込むのが得策ということだ。

「間抜けの狸が色っぽい娘に化けながらフサフサした尻っぽをそのままにしているようなものだ」

七之介はむしろ楽しげだ。

「それに、陰の仕事としてやらかすには、江戸の町中より根岸とやらのはずれのほうが仕事しやすいってぇことだ。な、三之丞」

「そういうこと、ですねぇ」

三之丞はいついかなる場合でも、にこやかである。

七之介も三之丞もぞろりとした着流しで、深めの笠《かさ》をかぶっている。

ちょっと見には、これから春を迎える根岸という地の風流を楽しみにやってきた暇をもて余している素浪人二人——といった趣だ。

どこかで冴《さ》えざえとした鶯が鳴いた。

「そういえば、根岸の鶯の鳴き声は、上野や湯島あたりにいる鶯より、その鳴き声が雅《みやび》で上品だといわれてますね」

「へえ。鶯の鳴き声にも、品があるとかないとかがあるのかい」

七之介と三之丞の足取りも会話も至極のんびりしている。

上野池之端《いけのはた》を回って、下谷車坂《したやくるまざか》を北へと辿った。

車坂の左手には上野寛永寺の子院である十あまりの堂が背を向けている。

やがて道は坂本町《さかもとちょう》の町中を抜ける。こまごまとした小店や民家がつづく。こ
のあたりはすべて寛永寺の領地だ。

やはり人々が暮らす町すじと、大小の寺院や別宅や寮ばかりの根岸とでは雰
囲気ががらりと変わる。

「三之丞よ。なんで根岸あたりの鶯の鳴き声には品があるんだ？」

「それはかつて、いち早く根岸の里を好んで京あたりから移ってきた坊さんが、
大原《おおはら》や嵯峨野《さがの》あたりで捕まえた鶯を根岸に放ったとかでしてね」

「ふーん。京で生まれた鶯の子孫の鳴き声だから、品があるというわけか」

「よくは知りませんけど、その鶯の中にも、もともと品位のある鳥もいれば下《げ》
司《す》な鳥もいて、ていねいに区分けして江戸に持ってきたと聞きましたよ」

「ほう！ 鶯なんて鳥自身にも品がある……か。ふーん」

「まだあります。夏になると水辺で鳴く蛙もまた、根岸ではひと味違うと言う者もいましてね」

「お、おれをからかってんだろ、三之丞。でもなぁ、この話のどれもこれもが、このあたりに別宅を構える連中の作り話みてぇだろ。眉唾ものじゃねぇかな」

「眉唾でしょうけど、面白いじゃありませんか」

「そのうち、畑で働く馬や牛の鳴き声も、このあたりじゃ品がある、なんてことになるのじゃねぇか」

「それも、面白いですね」

「上品な馬の鳴き声なんて、どんなんだい三之丞」

「おヒヒ〜ンとか、おモーなんて鳴いたりするんでしょうよ」

二人は声を忍んで笑った。

とりとめのない二人のやりとりに、遠く近くの鶯の声がなごやかに和する。

道の端に、そして道に架かる小さな土橋の下に、冴えた流れの音がしている。

めざす西蔵院の南には永称寺。東には世尊寺、西念寺がある。

のどかな田畑の向こうに御行《おぎょう》の松《まつ》で知られた時雨《しぐれ》不動の小高い丘が見える。

「そういえば、西蔵院の正式の名は圓明山宝福寺とかで、京は御室《おむろ》の仁和寺《にんなじ》の末寺になると聞きました」

「ほう。そりゃあ、鶯の鳴き声が上品だというのと深い縁がありそうだな」

「にも拘わらず、このあたりには不粋などぶ鼠が巣くうというわけですよね」

西蔵院の北側にささやかな流れがある。その流れに沿った道はくねくねと西へとつづいているが、そこを横切って田んぼの中の畦道《あぜみち》を行く。

すでに三之丞の下調べがあるから、迷いはない。

岸辺の草むらを入れて川幅三間ほどの音無川の流れに出る。

ふだんはろくに人も渡ることのないような粗削りの木橋があり、二人は足さばきも軽く向こう岸へ渡った。

この流れひとつを越えただけで、風光明眉とうたわれる根岸の里とはあきらかに風景が変わった。

橋を渡った先はもう、道というより、農作業をする百姓衆たちの通い道といった枯れ草をまとった頼りない畦道だった。

二十数間ほど先には荒れた疎林がある。

奥まったところに小屋があるという。以前は百姓衆が鋤《すき》や鍬《くわ》などの雑多な農具を入れていたはずで、ずっと廃屋として見捨てられていた――とは三之丞の説明だった。

傾きかけたようなひどく粗末な小屋があった。

数軒手前で七之介をとどめ、三之丞が小屋を探りに行った。

時刻はそろそろ七つ（午後四時）を回ったか。

おだやかな日差しで、風もない。

七之介は大きな伸びをして、西へ回ったお日さまをのんびりと眺めた。

――この方向は、上中里《かみなかざと》とか王子《おうじ》になるのかなぁ。

三之丞が足早に戻ってきた。

「……で、どうだい、きゃつらは？」

「三人が案の定、したたかに酒をくらって、ぐだぐだしてますよ」

「そりゃあ、もっけのさいわいというところだが、遊び相手の女なんて引き込んでいねぇだろうな」

「むさい浪人三人だけです」

「面倒が省けてなによりだ」

「で……一匹は生け捕りにするんでしたよね」

「うむ。おとみに尻っぽをつかまれたカマキリみてぇなという浪人を生け捕るか。ちょいと脅して、奴らがつるんでいた相手が何者か、それを吐かせたら用ずみだ」

「半兵衛さんの裏仕事としては、三人とも始末していいんでしたよね」

「いまさら、念には及ばねぇよ、三之丞」

七之介と三之丞は、すたすたと小屋へ向かって歩き出した。

背うしろで、冴えざえと鶯が鳴いた。

「なーるほどなぁ。あの鳴き声は、確かにただの藪鶯《やぶ》じゃねぇ。上品だよ。京なまりがあるよ」

三之丞は、にっこりしてうなずいた。

「でもよ三之丞、風流なこの趣とはうらはらに、おれたちがこれからやることはなんとも冴えねぇな」

ぶつくさ言う七之介の背中に、三之丞が明るい声で応じる。

「これもまぁ、世のため人のためということで」

七之介は半分朽ちたような板戸の前へ立ち、腰の愛刀、美濃関《みのせき》の九字兼定《くじかねさだ》の鯉口《こいぐち》を切った。

三之丞がさっと前に出て、板戸を蹴った。

ばりん！

なんとも不粋きわまる雑音が和みのあるのどかな空気を震わせた。

表の明るさとは大違いの薄暗い小屋の中に、一瞬のしじまがあった。

「おい、三之丞、三匹のどぶ鼠は確かにいるんだろうな」

七之介は首を伸ばして小屋の奥を見やる。

「安酒に悪酔いしている鼠どもは、きっと肝を潰して怯《ひる》んでいるんでしょうよ」

「ふーん」

七之介は、おとなが幼い子に言いふくめるような口調で小屋の奥に語りかけた。

「おまえたちは、いろいろと悪さをしてきたようだが、そのおまえたちを始末してくれと頼まれて出かけてきた。こまかいいきさつは抜きにして、とにかくあの世とやらに行ってもらう。悪く思うなよ」

ゆっくりと七之介は愛刀に、びゅん！　と素振りをくれた。

三之丞も、すらりと抜き放った。

三人三色の悲鳴というのか、うろたえ声というのか、意味不明の声の束と一緒に垢じみた固まりが土間の奥から転がり出てきた。

　七之介も三之丞もさっと後にすさり、戸口の前にうろつく三人を、剣尖《けんせん》で容赦なく追い立て、力ずくで居竦ませた。

　三之丞の深読みのとおり、深酒の悪酔いで泥亀のように眠っていた三人は、突然叩き起こされてあきらかに目を回している。

　垢じみた髪はざんばら同然。着衣は塗りたくった泥がコワコワに乾いたかのように黒光りしている。

　衿元も着衣の前もだらしなくはだけられていて、三人ともひたすらみすぼらしい。そのうちのひとりの男はまぎれもなくカマキリ顔で、頬に白い布を貼りつけている。しかもその小布には赤黒い血がにじんでいる。

「おお、三之丞、いたぞ！　間違いなく……カマキリ野郎だぜ」

　七之介があっけらかんとした声で言った。

　常日ごろ、誠心だの清廉だの儀礼だのと口幅ったく言うさむらいも、禄《ろく》からはなれたあげくに邪悪の穴に堕ちれば醜悪な腐臭のかたまりになり下がる。

「それにしてもなぁ、こんな薄穢《ぎた》ねぇ輩《やから》を始末するなんて……厭《いや》だなぁ」

　この期《ご》に及んでぶつくさ言う七之介に、三之丞はすんなり応じる。

「こいつらだって黙って斬られないでしょうよ。かっとして反撃してくれば、放っとくわけにはいきませんでしょうに」

「ははは。ま、そういうこったな、三之丞」

一番右端の猪首《いくび》の男が吠えた。

「くそッ！　黙れ、黙りやがれ！」

真ん中の四十五、六のずんぐりが、

「おまえら、何者だ。笠を取って、名乗れ！」

ずんぐり男の声は意外と耳障りで甲高《かんだか》い。

黄色い歯の口の息はたぶん、耐えられないほどに臭いはずだ。

左端の背の高い男の眼窩《がんか》はくぼんでいて、目の光は勁《つよ》い。正《まさ》しく巨大なカマキリの相貌を思わせる。つい前後の見境もなく、かっとなったあの吉田屋の手代に、包丁で斬りつけられた傷に間違いない。

「きえ〜ッ！」

右端の猪首が、奇声を発して両手《もろて》突きの刃で七之介に突っ込んだ。

七之介はさっと跳んだ。たたらを踏んでのめる背に、存分に二尺三寸の斬撃を加えた。

「ぎゃッ！」

三之丞は正面の男の地摺《じず》りからの一閃《いっせん》を叩いて撥ね返し、腰を落とすと横薙《よこな》ぎの刃で胴に打ち込んだ。

「ぐぇ～ッ！」

まるで泣き声のような悲鳴を発して、男がきりきり舞いをしている。

とっさに、カマキリが身をひるがえして、前のめりに走り出した。

「三之丞、あ奴は殺さず、とりあえず生け捕る！」

「合点！」

三之丞の足は速い。

安酒の酔いと狼狽《ろうばい》のために、枯れ草の中を走るカマキリ男の足はどうしようもなくだらしない。

すでに愛刀を鞘《さや》に納めた三之丞は、まるで鹿が軽やかに跳ぶように駆け走る。

カマキリを追う。

よろよろ走る、しまりのないカマキリのからだにすぐに追いつき、右肩でぶちかました。

たちまち地に這ったカマキリに取りつくと、左手で頭を地に押しつけながら右手首を捉《とら》えて強引にひねり、刀を捨てさせた。三之丞はさらに容赦なく押さえ込む。

なんとか反撃しようともがくカマキリを、三之丞はさらに容赦なく押さえ込む。右腕を背に回しておいて、ぐいとかち上げた。

ぐきり！　と鈍い骨が砕ける音がした。

「げッ！」

カマキリの悲鳴は細っこい柄《がら》に似合わず野太い。

「三之丞、そのへんで……ま、楽にしてやれ」

三之丞がカマキリのからだから離れた。

まるでぼろ屑《くず》のように縒《よ》れたカマキリは、のたうつように地べたを這って、それでもさらに七之介と三之丞から逃げるように離れた。

「おまえたちは、ずいぶんと悪さをしてきたようだな」

「な……なんのことか、わしは知らぬ」

「往生ぎわが悪いなぁ。おまえのその頬の刃物傷は、吉田屋の手代が包丁で斬りつけたものだな」

カマキリは思わず手で傷を覆い隠した。

「そんなふうにシラを切ったところで、奉行所のお白州《しらす》に引っぱり出してゆっくりたっぷり吟味すれば、おまえの素性などたやすくわかるんだぜ」

「なに、奉行所のお白州だと？」

　くいと顔を上げ、七之介を正面から見た。

「おまえは誰だ？　奉行所の走狗《いぬ》か」

「ま、そういうことだ。おまえたちがかつては礼も儀もわきまえた武家の者だったことなど、たちどころにあからさまになる」

　骨っぽい顔全体がさらに醜く歪んだ。

「あからさまになるのは、おまえの身許だけじゃあない。おまえとそこに転がっている落ちぶれた浪人仲間が重ねてきたさまざまな悪行も、すべて白日のもとに晒されるわな」

　カマキリはじっと押し黙っている。がくりと顔を伏せた。

「いまの御奉行が、あの鬼薊清吉とその仲間を処刑した。いっときなりを潜めていた残党が御奉行への意趣返《いしゅがえ》しとばかりに、このところ江戸の町をやたら荒らし回っている。金品を強奪するだけではない。次から次へと人を殺《あや》める。しかも、女と見ればこれまた手当たり次第に苛《さいな》み、犯す……」

　七之介がカマキリに寄って、かたくなに伏せた顔を、髻《もとどり》をつかんで力まかせに仰向かせた。

「そんなけもののような奴らと組んで、野放図にのさばる浪人がいるという。そこに転がっている二人と、おまえがその哀れでおぞましい浪人だろうが」

カマキリの息が荒くなった。

「おれも偉そうなこと言えた柄じゃねぇが、それにしてもおまえは……哀れだなぁ。他人事《ひとごと》ながら、あまりの哀れなその姿に……涙がこぼれるぜ」

青黒い顔がひくひくと痙攣《けいれん》している。

「おまえには、女房や子どもはいねぇのかい。いやさ、父親や母親はいねぇのかい。ここまできちまったら、どっちみちもう後には戻れねぇなぁ……」

しばしの間があった。

カマキリの目尻からすっと涙がしたたりこぼれた。

深くうなだれていて、やがて肩を震わせて呻くような声をほとばしらせた。

七之介と三之丞は、その哀れな姿を目を細めて黙って見つめていた。

カマキリがいきなり横に転げるように動いた。素早く地べたに転がっている
おのれの刀の柄《つか》をつかんだ。

三之丞に痛めつけられた右腕と肩である。激痛が走るのか低く呻いた。それ

でもぎりぎりと歯をくいしばり、柄を両手で握り直し、刃を右の首すじにがっと押し当てた。

三之丞が押しとどめようとするのを、七之介が首を振って押さえた。

カマキリの首すじから、びっくりするほど勢いのある鮮血が噴き上がった。

どこかで、冴えざえと鶯が鳴いている。

「おれは……柄にもなく聞いたふうなことを喋り過ぎたようだ」

珍しく七之介は、ボソボソと歯切れの悪い口舌で呟いた。

また、ひときわ澄んだ鶯の声が聞こえてきた。

――さっき鳴いていたのと異なる鶯だな。ちょっとばかり、品がねぇかな。

妙に眩《まぶ》しい西の空を七之介は見やっている。

三

根岸の西蔵院の北、音無川の向こう岸にあった見捨てられたような小屋で、妙な出来事があったと、奉行所の中では与力古田甚助《ふるたじんすけ》や同心鈴木勘次郎たちが右往左往していた。

なにしろ、尾羽《おは》打ち枯らしたような浪人二人が斬られて死んでいて、そのそばにみずから首すじを掻っ斬って自刃したらしいもうひとりの浪人がいたのである。

「食いっぱぐれ浪人どもの仲間割れだろう」といった結論が出ている。

商人や町人がじかに関わっていなければ、しつこく調べようとはしない。たとえて言うなら、いい加減なあるじが営む小店の大福帳と同じで、見かけの帳尻に不都合がなければそれでよしとする。

臨時廻り同心の葉暮七之介としては、この件についてはのっけから関係なしと知らん顔の半兵衛を決め込んでとおした。

あれから三日が過ぎていた。

七之介は、半兵衛は半兵衛でも、あの祝屋半兵衛によばれていた。

別宅の画室には北斎がきていて、きょうは昼前からせっせと、浅草奥山《おくやま》の茶屋つかさ家の娘きよのを素描きしているという。

もちろん、三之丞は北斎につきっきりで、あたりまえのようにこまめに助手を務めている。

三之丞の変わり身の早さと見事さには七之介も舌を巻く。

——その点ではとても三之丞には太刀打《たち》ちできねぇ。

とにかく三之丞はいつもにこやかで、そしてしなやかで勁い。

七之介は半兵衛にさりげなく訊いたものだ。

——それで、きょうの北斎さんが素描きしているきよのという娘は美人かな？

半兵衛は素っけなく「もちろん」と答えた。

——いつものように、北斎さんに見つめられているうちに、娘は自分から着ている物を脱ぐ……なんてことになりそうかな？

さりげなさを装った七之介がもうひとつ訊くと、半兵衛はさらに素っけなく「もちろん」と強調して言った。

半兵衛は、七之介がさっきから北斎が素描きしている娘に気をとられていることを知っている。画室の隅に座って、なんとなく娘の姿態を眺めることを楽しみにしているのだ。

——でもね七之介さん、いましばらくこの半兵衛とつき合ってもらいますよ。

そんな七之介は、ぴしゃりと釘《くぎ》を刺されたのだ。

半兵衛の居室は、北斎のための画室として造られた明かり取りのある部屋とは異なり、六畳のこぢんまりした落ち着いた雰囲気がある。違い棚のある床の間や長火鉢や朱色塗りの小卓や、部屋の隅に置かれた行灯《あんどん》など、贅《ぜい》を尽した品で飾られている。

でも、こういうときの七之介は、とにかく落ち着かない。

――やっぱり、北斎さんがせっせと描く女を、それとなく眺めているのがなによりだ……。

ひと言も口をきかず、お茶一杯呑むこともせず、艶々《つやつや》と色っぽい女体を黙々と素描きする北斎。そのすぐ背後で、邪魔にならないようにという心配りさえ忘れなければ、見物するのを黙認してくれる――これは文句なしの「眼福《がんぷく》」なのである。

北斎の絵筆で自分のからだを画帳に写し取られる娘たちは、いざとなるともう見物人の七之介とか助手の三之丞など眼中に入らないのだ。

三之丞などは、毎度お預けのような状態の女体にはもう、なにも感じないそうだが。

半兵衛は軽い口ぶりで切り出した。

「……あの、根岸の里の一件は、お見事でございました」

「え？　ああ、あれは、まぁ」

「一部始終は、三之丞さんに伺いましたよ。思いもかけないこともあったとか」

「それもこれも……成りゆきというものだ」

「自業自得というものでございましょうな」

「そうよなぁ」

「なににしましても私めは、胸の閊《つか》えがひとつ、消えました」

「もっと手間ひまかかると思っていたが、呆気《あっけ》なかった」

「頼もしい」

「いや、三之丞の下調べも段取りもよかったし……。第一、あのおとみという娘が、きゃつらの隠れ家を突き止めたのが、なによりのお手柄だった」

七之介は口調をあらためて、訊いた。

「で、そのおとみは、その後どうしてるのかな」

「まるで喋ることを忘れてしまったようなおとみが、このところ父親にはポチポチ口をきくようになったそうです」

「そうかい。そりゃあよかった。気の弱い娘だったら、そのまんま首を吊《っ》ったり大川に身を投げたりなんてことにもなりかねなかったろうにな」

「おとっつあんも、涙を流して礼を言ってました」

「そりゃあ、半兵衛さんのお陰というもんで、おれには関係ないね」

なんとなく七之介の腰が落ちつかない。

「ま、とにかく半兵衛さん依頼の件は、これで一件落着。というわけで、きょうは北斎師匠の仕事ぶりを拝見したり……息抜きをさせてもらうよ」

そう言いおいて、七之介は「じゃあ」と立ちかけた。

「あ、ちょいとお待ちを！　ついでと言っちゃあなんですけど、何藻仙蔵さんに、もうひとつ頼み事があるんですよ」

「おや。ついでとはまた軽く言うな」

「あ……。お気に障りましたか。いえね、これも大事なことですけどね」

「何藻仙蔵としての仕事はよ、半兵衛さんの場合には、まずどれもこれもついでに片づけるといった、たやすいものじゃねぇということだ。というより、ついでというのはな、つまり近所の八百屋へ大根を買いに行ったついでに、途中の魚屋でバカ貝を買い求めてきたとかさ。その程度のことだろ」

「あ、バカ貝……青柳《あおやぎ》のことですね。あれは酢味噌がオツです」

「もうひとつ言えば、浅草寺へお詣りにいったら、味楽堂の三色だんごを買ってくるとか……そういうのをついでと言うんだよ」

「そうですねぇ。破落戸《ごろつき》だのならず者だの、はたまたやけっぱちの食いっぱぐれ浪人でも、相手はそれでも人間さまでです。そのお命を頂戴するのを、ついでになんて……あ奴らだって、ま、人間は人間ですものね、こりゃいけませんでした。でも、やはりこの際、何藻仙蔵さんにお願いをしたいのです。御礼のほうはたっぷり用意いたしますですよ」

七之介は、あえて眉根を寄せてしぶしぶ再び腰を落とした。

「……で、ついでにってぇのは、なんだい？」

「あの、小間物商の伊吹屋さんに関わることでしてね」

「おう。あの伊吹屋のきくという女中の災難を助けたことがある。この一件は、北町奉行所同心、葉暮七之介としての仕事だった」

「聞いてました、はい。わたしはあの伊吹屋さんの先代のあるじ、伊吹屋信左《しんざ》衛門《えもん》のころからのつき合いで……のっぴきならないことで、それはお世話になった方でしたが、思いもかけない病で逝かれて……」

「そうだったのかい」

ここでも七之介は得意のとぼけ顔をした。

どんなことでも「知ったかぶり」をするより「なにも知らない」という顔をしたほうが、新しい情報が仕入れられると思い込んでいるからだ。

「で、いまのあるじは？」

「信二郎さんといって、今年三十歳。まだ独り身でして」

「大店の若主人というところだろうが、親父がいればともかく……三十にもなってまだ独り身か」

「長男の信一郎《しんいちろう》というのがいたのですが、不幸が重なるというのか、この信一郎さんも三年前に病で急逝《きゅうせい》して、次男の信二郎さんが跡目を継いだという事情がありました」

「……それで、店はうまくいってるのかい」

「へぇ。いまのところ表向きは平穏なのですが」

「中味がどうかしてるってことかな」

「いえ、伊吹屋さんは小間物商としての商いは心配することないのですが、つまり……とんでもない災難が……という心配があって……」

「献残屋祝屋のあるじ半兵衛さんも、商売繁盛で大忙しらしいが、やたらあっちこっちに首を突っ込んでるな」

「それはまたずいぶんとひどい言い方で」

「やたらなんでも口を突き出すどびん男なんて言われるんじゃやねぇかな」

さすがの半兵衛も苦い顔をした。

「この半兵衛が首や口を突き出すのではなくて、せっぱ詰まった悩み事を背負い込んだ者が、なんとなくわたしのところへ転げ込んでくるんですよ」

「あ、そうか。そういうことだよな。おれとしたことが失礼千万なことを口走った。すまんすまん」

「ついでにもうひと言いわせてもらいますとね」

「ここでまた、ついでが出てきたな」

「何藻仙蔵さんだから申し上げるんですけどね」

「なんだ」

「奉行所とかお役人のやることとなんて、町人風情の家の中のこととか、しがない長屋の連中とか、その日稼ぎの大工や左官や担い売りなどの者たちが背負い込んだ悩み事など、知らん顔ですからね」

「そういえば、伊吹屋に関わることで、ちょっと耳にしていたことがあった。仲蔵から聞かされた」

「え? あの……仲蔵さんから?」

「このまま放っとくと、近いうちに伊吹屋にとんでもないことが起こるかもしれない……ってんだが……」

「へぇ。おどろきましたな。そのことを仲蔵さんがもう知っていなさるんで?」

「隠し事というのは闇夜のいい女とか梅の花のようなものよ」

「それって、どういう意味ですか?」

「だからよ、所詮は隠しおおせることはできねぇってことだろうな」

「なるほど」

「それでなくても、仲蔵の耳はふつうの者の耳の倍もあるが、これが地獄耳というやつでな」

「顔は知らん顔でも、悪党にまつわる噂はちゃんと聞き分けてる……?」

「そういうこった。そう……もうひとつ。あの宇兵衛というとっつあんがその昔、川越のあたりで岡っ引きまがいの仕事をしてたとも言ってた」

「さすが……地獄耳だ」

「でもその仲蔵は、つまりは奉行所同心、葉暮七之介の仕事として、動いてるということだが」

「それならそれで都合がよろしゅうございます。葉暮七之介さまと何藻仙蔵さんの二役ということでやってくださいまし」

「え？　どういうことだい？」

「要するに、伊吹屋さんにとんでもない災難がふりかかる前に、悪党たちを一網打尽にということになるんでしょうが、葉暮七之介さまでも何藻仙蔵さんでも……どっちの仕事でもいいってことになりますが」

「またまた、半兵衛さんはそうやって口軽に簡単に言う！」

七之介が口を尖らした。

そのとき、ふすまの外に三之丞の声がした。

「失礼いたします、三之丞です」

半兵衛がふすまを開けた。

「どうぞどうぞ。なにか？」

「北斎師匠の仕事がひと区切りつきまして、あの茶屋の娘……ええと、そう、きよのを相手に一杯やりたいので、一緒にどうかとおっしゃっているんですけど」

「へぇ、あの北斎さんが？」

「あの娘のこと、だいぶ気に入っておられるようでしてね」

「そりゃあいいな。ご相伴《しょうばん》にあずかろうや」

七之介はすぐにのった。

「あれ？　北斎さんって、酒はだめだったはずだが」

「でも、夏だったら井戸水で冷やした梅酒の水割りをチビチビやるのがお好みですからね」

世話焼きが趣味らしい半兵衛には、勝手気ままな北斎の面倒を見るのも楽しいのだ。

「うそ寒い冬は、梅酒をあたたかいお湯で割ってチビチビやるのが北斎流」

「ま、それはそれでいいけど、肴《さかな》はあんこの入った金鍔《きんつば》というのが薄気味悪いやな」

無遠慮な七之介の声を、半兵衛は「しっ！」と口止めをした。

七之介は三之丞にすり寄った。小声で訊く。

「……で、なにかい、そのきよのという娘、北斎さんの前で、生まれたまんまの姿になったのかい」

「師匠の眼には、不思議な魔力があるんですねぇ。師匠は脱いでくれなんてひと言も言わないのに、いつの間にかみずから着ている物をちょっとずつ自分からはだけていって……ねぇ」

「そうか。それが見られなかったのは、返すがえすも残念だったなぁ」

半兵衛がクスクス笑っている。

「ところで、半兵衛さんの話はすんだのですか？」

と真面目顔の三之丞が訊く。

「なぁに、ついでの話みたいなことでしたよ。ねぇ、何藻仙蔵さん？」

半兵衛の言葉に、七之介はぷいと、そっぽを向いた。

「では何藻仙蔵さん、いまのお願いの件は、のちほどあらためてご相談させていただくということで……」

いそいそと立った半兵衛である。

「おさよ、おーい、おさよ」

とことん半兵衛は世話好きなのだ。

四

実際のところ、ホンのかたちばかりの弟子であるが、葉暮七之介にとって、幕吏《ばくり》である大田直次郎は戯作の師匠ということになっている。

大田直次郎は役人としてはあれもこれも、きちんと職務を全うしながら、その傍ら南畝だの蜀山人だの、かと思えば大飯食人、土師掻安《はじかくやす》などなどの素っぽけた筆名を駆使して好き勝手なものを書いてきた。

いや、狂歌などでは宿屋飯盛などの名で、政治《まつりごと》を揶揄《やゆ》するにもほどがあると口うるさいお偉方からお咎《とが》めをうけたこともある。が、しかし、この場合はあらぬ濡《ぬ》れ衣《ぎぬ》ということで無罪放免になった。

その南畝師匠から「しらうおとしろうおの区別もつかぬ朴念仁《ぼくねんじん》」とからかわれたのが葉暮七之介である。いや、この場合はあくまでも戯作の弟子の何藻仙蔵……としてであった。

なんでもいいから五七五に白魚を詠《よ》めと命じられて、何藻仙蔵としては思いつくままにでっち上げた五七五がある。

「白魚のような女よ春の宵」

「白魚の黒い目はちょいと哀しいね」

「白魚は酢の物天ぷらおどり食い」

南畝師匠はチラと紙きれを見て、やさしさたっぷりの笑みを浮かべて言ったものだ。

——とにかく、おめず臆《おく》せず、なんでもいいからお作りなさい。自分で自分がイヤにならないのも大事です。

かなりきついことを言われているのはわかっている。

「しらうお」と「しろうお」は、字は「白魚」と同じだが、「しらうお」はさけの仲間、そして「しろうお」ははぜの仲間と教えられた。

——そんなこととの区別もつかないようでは、一人前の戯作者にはなれないのですよ。また人間としても、こまやかな心遣いに欠けているわけで恥ずかしいことですよ。

だいたい、文才などというものとは縁遠い人間であることは十分に承知している七之介だ。

まず、親友三之丞の仲介で、祝屋半兵衛の別宅に出入りできるようになっただけで御の字なのだ。

この家に集まる者の誰も彼もが、日ごろ、顔をつき合わせる奉行所のへんくつ堅物の役人どもとは大違いなのがいい。

七之介は外歩きがあるからいいが、もし奉行所に日がな一日、ずっと詰めていなければならない役目を命じられたら三日ももたないと思っている。

その点では、北斎の絵を描くことへの情熱や執念、幕府役人としてつつがなく仕事をこなしたうえで、再び文机《ふづくえ》に向かってあれこれの文字を書きつらねている南畝師匠のねばり強さにも舌を巻いている。

とりわけ、浮世絵師としての執拗ともいえる北斎の仕事ぶりは、そばで眺めているだけでもワクワクする。

北斎の描く絵柄はそれこそ森羅万象、目に見えるものすべてである。

なかには、「漫画」と称して描きためている最近の素描集には、お百姓や川《かわ》浚《ざら》いの人足たちの裸絵があり、そのからだの筋肉や血管までも透けて見えるような絵柄もある。けものや鳥たちの姿をとらえた絵柄もある。

どれもこれも、つい息を止めてしまう驚きのある出来栄えだ。

でも、七之介にとってはそういった絵は絵として、やっぱり若い女の……それも生まれたまんまの姿の絵がいい。

ときとしては、年増《としま》の女が怪しげな道具を使っての秘めやかなひとり遊びの図や女二人と遊ぶ若衆などのあぶな絵などには、一瞬、目まいさえ覚える。

そんな思いを託して五七五もひねる。

「ほの明かり透きとおる肌よ春のひと」

これも南畝師匠に見せた五七五だが、相変わらず「どんどんお作りなさい」としか言われなかったが。

今宵は七之介と三之丞が祝屋半兵衛の招きで、鉄砲洲《てっぽうず》の小料理屋「いろは」にきている。

店のあるところは本湊町《ほんみなとちょう》。その北側を流れるのが八丁堀川。つまり、流れの向こうは、七之介が母と二人で住んでいる八丁堀で、奉行所の組屋敷がある。

この季節は、しろうお漁が盛んである。

鉄砲洲と向き合うように佃島と石川島がある。

黄昏てからのこのあたりの海には、四ツ手網の仕掛けを備えた漁船で賑わう。

それぞれの船が明々と漁火《いさりび》を燃やすので、その景観はまことに美しい。

海沿いの小料理屋では、さまざまなしろうお料理を用意して客をよぶ。

こたつの上に小さな七厘《しちりん》を置いて、まずはしろうお鍋を楽しむのだが、海に向いた窓からの眺めともども、誰もがこの粋な情趣に満足する。

しろうおを使った献立ては、酢の物、天ぷら、卵とじ、白煮などとどれも美味であるが、主役は「しろうおのおどり食い」という別名のある鍋だ。

平たい土鍋に豆腐を入れ、獲れたてのまだ生きているしろうおを放つ。

からだ全体が透きとおって見えるほっそりしたしろうおは、女のしなやかな指にたとえられる。

おまけに頭の部分のところにある小さな黒い紋様のようなものが、徳川様の葵《あおい》の御紋に見えることもあり、高級魚として珍重されている。

そのくせ「しろうおのおどり食い」は残酷である。

なぜなら、平たい土鍋に入れられた豆腐の回りをスイスイ泳いでいたしろうおは、七厘の火で熱くなる湯に戸惑ったあげく、からだをしなしなと踊らせて豆腐に頭を突っ込んで茹《ゆ》であがる。

それをつまんで酢醤《じょう》油《ゆ》で賞味するのだ。

半兵衛の巧みなすすめで七之介はせっせと食したが、三之丞はついに「遠慮します」と固辞した。

理由は「なんとも残酷だから」ということだった。

クスクス笑った七之介は「そのしろうおも、酢の物や卵とじや天ぷらならいというのも、ひどく勝手だなぁ」と言った。

しかし三之丞は、いつもの柔らかい笑顔のまま「なんと言われても結構、いやなものはいやですから」と軽く躱した。

「まぁまぁ……好きとか嫌いというのは人それぞれですから」

割って入った半兵衛に、七之介が向き直って言った。

「ところで、今夜のこの宴は、さてさてこの後にどんな仕掛けがあるのかな？」

「さすが、南畝先生の戯作の一番弟子。何藻仙蔵さん、お察しが早い！」

まるで、吉原の妓楼《ぎろう》のお座敷のたいこ持ち――のような口調だ。

「なんにしても、なにかのついでにといった、たやすい頼み事ではなさそうだ」

「はい。ぜひお二人にお力添えを、という、ま、あらためてのお願い事といいましょうか」

七之介が三之丞をかえり見る。

「この神妙そのものの半兵衛さんの顔つきを見たかい」

「ええ、確《しか》と見ましたよ、このままそそくさと帰るわけにはいかない雰囲気ですね」

「おう。それならそれで、早いとこずばりと用件を聞かせてもらおうかね、半兵衛さん」

「ありがとうございます。こたびの件は、依頼人その者を呼んでおりますので、どうかお二人でとくと話を聞いてやっておくんなさいまし」

半兵衛はさっと立ち上がると部屋を出ていった。

「なぁ、三之丞」

「はい」

「いったい誰が現れると思う?」

「まるで見当つきませんね」

「祝屋半兵衛というおっさん、やっぱり妙な人だな」

「でも、妙といっても得手勝手で周りに迷惑かけるようなお人じゃないですよ。

ま、自分とうまが合うと思ったら、とにかく親身になって世話をする……」

「うむ。そうよなぁ、つまり、損得なしで面倒を見るのが好きらしい。いまどき立派といえば立派だなぁ」

七之介がしたり顔でそう呟いたとき、廊下の障子の向こうに声がした。

「おじゃまいたします。紺屋町次郎兵衛長屋の木戸番の宇兵衛と申します」

「紺屋町の木戸番の宇兵衛？」

三之丞が首をかしげた。七之介がいち早く手を打って合点した。

「ああ、あのときのとっつあんか？」

三之丞が障子を開けた。

「さあ、お入りなさい」

きびきびと動いて部屋に入った宇兵衛は頭を下げた。

「せっかくのおくつろぎのところ相すみません。その節は葉暮さまにはひとかたならぬご面倒をおかけいたしました」

ひどく畏《かしこ》まって座った宇兵衛のほつれた鬢《びん》の白さが目に立つ。小づくりの顔にも疲労の色があるようだ。

「きょうは、祝屋さんのお言葉もあって、この席へ罷《まか》り越しまして……申しわけありません」

目を細めた七之介が言った。

「なにやら差し迫った願い事があると半兵衛さんから聞いた。余計な前口上抜きで、すっぱり話をしてくれ」

七之介にそう言われて、宇兵衛はさらに固くなったようだ。

「わたしはちょっと席をはずしましょう」

三之丞は立ち上がりかける。

「そう言わずに一緒にいてくれよ、三之丞」

三之丞は素直にまた腰を落とした。

「この男は澄川三之丞。頼りにしているおれの仲間だ。気にせずに喋ってくれ、とっつあん」

七之介は、表情も言葉も柔らげた。

「おれの奉行所の仕事を手伝ってくれている仲蔵という男がいる。その男からもちょいと、とっつあんの身の回りのことを聞いたよ」

「あ……あの親分さん。いいお方ですね。存じております」

「さあ、本題だ」

「へい」

「かなり物騒な話と聞いたが……伊吹屋の件だが、とっつぁんと同じ川越の生まれだという、あの吉次とひっ絡んでるってな」

「へぇ。親分さんからどこまでのことをお聞きになってるか存じませんが……。あの吉次という男ですが」

「あの小悪党、やたらウロウロしてるな」

「川越の新河岸川《しんがし》の寺尾《てらお》河岸では、どうにも手におえねぇ破落戸でした」

「川越の……新河岸川は寺尾河岸か。それで？」

「奴の父親吉十《きちじゅう》が船寅屋《ふなとらや》という船問屋を営んでいて、それこそ飛ぶ鳥を落とすといわれるほどの勢いでした。その、伜《せがれ》の吉次は兄貴の吉蔵《きちぞう》とつるんでやりたい放題でした」

　船問屋とは廻船《かいせん》問屋ともいい、新河岸川を利用して川越と江戸を往復する荷船とその作業に関わるそっくりを扱っていた。

　新河岸川は荒川と並行して流れる川で、川越から岩渕《いわぶち》村あたりを経て大川に合流して江戸湾へ注ぐ。

　当初は川越藩が新河岸川流域を整備して、九十九《つくも》曲がりともいわれた流れの舟運《しゅううん》を可能にした。しかしその後、町の商人たちが出張ってきて、ひときわ盛んになった。

この新河岸川と並んで舟運の盛んなのは、日本橋川河口の箱崎《はこざき》から行徳《ぎょうとく》への定期便である。

江戸入府早々から居城造りと併行して徳川家康は街道の整備や水路の造成に力を注いだ。

日本橋川が大川にそそぐ日本橋小網町《こあみちょう》の箱崎と、下総《しもうさ》行徳を結ぶ行徳船便は、行徳の海辺でつくられた塩や魚介類、生活用品などをせっせと運んだ。

もともと、陸地沿いの海路を利用しての檜垣《ひがき》廻船とよばれる大型荷船を扱う廻船業は、利権の絡む儲《もう》かる事業だった。

新河岸川の川越から江戸への上り荷としては、米や麦《むぎ》や芋《いも》をはじめとするさまざまな蔬菜《そさい》類。それに八王子《はちおうじ》から青梅《おうめ》あたりで産する石灰《せっかい》は、江戸城の建築材料として、また武家や寺院の瓦《かわら》屋根や塀のしっくいの原料として重要とされた。

加えて、籠や笊《ざる》などの竹細工品や織物などのついでに、この荷船には人々も便乗して賑わった。

江戸からの下り船には、百姓衆が必要とする灰、干鰯《ほしか》、糠《ぬか》をはじめ、酒、醤油、塩などが運び込まれて日々大繁盛した。

新河岸川流域の五つ六つの河岸は、たちまち船問屋や旅籠《はたご》やさらに酒や食い物の店が出揃って、連日活況を呈するようになる。

船寅屋吉十とその一族は寺尾河岸を中心に、したたかな商売の網を張ったという。

「江戸に移ろい住んだ吉次という男のその後の生きざまは、これはもう推して知るべしだが、さて、とっつあん、あんたはどうなんだい？」

さりげない問いだったが、七之介の目はひたと宇兵衛の顔にそそがれている。

「嘘のまじったよた話はいけねぇぜ」

「ここで嘘っぱちを申し上げたら罰が当たります。いえ、老いぼれではありますが、いまのあっしとしては、もう少し命を永らえたいということで、お願いに上がったわけですから」

「これは仲蔵から聞かされたことだが、とっつあんは川越で……岡っ引きのようなことをしてたって？」

「そ、それがその、川越の志多町《したまち》に住む伊十郎《いじゅうろう》という十手持ちの下っ引きをやってまして」

「ふーん。その伊十郎という男は、まっとうな堅気の衆か」

「いえ……」

「正直に言いな」

「いわゆる二足のわらじという男でした」

「となると、裏稼業は素人衆《しろうと》を集めてのさいころ遊びとか」

「おっしゃるとおりで」

「……勝手なこと言うがよ、とっつあんもその伊十郎の十手を笠に着て、結構のさばったんじゃゃねぇかい」

「自分で言うのはなんですが、博奕と酒が苦手という石ころみてぇな男でしたので、そっちのしくじりはありやせんでした。」

「とっつあんは若いとき、木仏金仏石仏《きぶつかなぶついしぼとけ》という口だったんだな」

「へい。でも……」

「でも、どうした」

「船寅屋の吉蔵、吉次のような餓鬼が、酒をくらって博奕だ安女郎だと、したい放題をやらかすのが放っとけなくて……いろいろと」

七之介はしゃっきり背を伸ばした。

「というのも、とことん惚れた女がいやしたもんで」

ためらいも照れもせずに言ってのけた。

七之介も思わずにやりと笑った。

「その女というのは？」

「船寅屋吉十が、端金《はしたがね》で囲っていた若い妾《めかけ》でした」

「ややこしい話になったな」

「名めぇはしの。吉十には三人も五人も女がいて、しのは志多町に近い広済寺《こうさいじ》という寺の裏の一軒家に住まわされていて……」

「若かった宇兵衛は、そのしのを哀れに思って、つい手を出したか？」

「恐れ入りました。図星で。とはいってもけしてあやふやな遊び心ではなく、あっしはしのをなんとか助けたいと大真面目でした」

宇兵衛は一瞬、遠くを見る目になった。

「……気まぐれのようにやってくる吉十は、さんざん呑んだくれたあげくに、しのを寝屋に引きずり込むと細引きでからだを縛って、いたずらめいたことをして泣かせて……嬉しがったと言いましてね」

宇兵衛の閉じた目尻に涙がにじんでいる。

七之介も三之丞も黙り込んでしまった。

風が出たのか、岸辺を洗う波の音のざわめきが増したようだ。

七之介が訊いた。

「でも、しのという女を助けるといっても、相手は船寅屋吉十という手強い男だろうが」

「吉十という父親も、倅の吉蔵、吉次も、揃いも揃っての屑野郎でした。奴ら、叩けばいくらでもしょっ引けるネタはあった……でも十手を預かる伊十郎とは所詮、同じ穴のむじなでしたから」

七之介は「同じ穴のむじなか」とひとりごちた。

「だからあっしは……」

宇兵衛の声は重くなった。うつむいた。

「ない知恵をしぼって、酔ってのひとり歩きの吉十を、暗い新河岸川に突き落としました」

顔を上げた宇兵衛は、しっかり七之介を見た。

「その一件をきっかけに、船寅屋はガタガタと音を立てるように落ちぶれていきやした」

　ほかの座敷の客たちのさざめきは聞こえない。波の音はさらに冴えて聞こえている。

「それで、しのという女はどうした？」

　三之丞が訊いた。

「……しのとは……」

　そう言ってから、宇兵衛は言い淀《よど》んだ。

「……高沢町の長屋に住まわせてかつかつではありましたが、一緒に暮らしました。でも、半年もたたずに赤児《あかご》を産み落として、その後しのはほんとに呆気なく死にました」

「残された赤ン坊はつまり、吉十の子というわけだな」

　ずばりと返した七之介の言葉に、宇兵衛はびっくりしたように目を見開いて、そして大きくうなずいた。

「なにもかもお見とおしで……」

「その赤ン坊はどうした？」

「あっしのおふくろに預けやした……」

七之介は三之丞を見返った。軽く咳ばらいをした。

「とっつあんよ」

「へい」

「先回りして言うのもなんだがな」

「なんでも訊いてください」

「伊吹屋のあのきくという娘は、そのときの赤ン坊じゃねぇのかい」

宇兵衛は静かにうなずいた。

「このいきさつは、じつはおきく本人には話していませんがね」

「ずばり言うなら、吉次とおきくは腹違いの兄弟ということだな」

「…………」

宇兵衛はごくりと唾を呑んだ。

三つほど数える間があり、七之介が口を開く。

「川越を離れてから後、さいわい吉次とも長いことまともに顔を合わせずに過ごしてきました」

「なぜか、その吉次がやたらいま、周りをウロウロしてるが」

「親父の吉十のことは、絶対に勘づかれることはなかったはずですが……」

「そうかな……？」

「……」

唇をきっと結んだまま宇兵衛はうなだれた。

「ところで……とっつあん。もうひとつ訊きてぇが」

七之介の問いに宇兵衛は顔を上げる。冴えない顔色はさらに翳《かげ》りを濃くしているようだ。

「吉次という男の兄貴……吉蔵はその後、どこでなにをしてるのかな」

「そのことです」

宇兵衛はあらためて座り直した。

日本橋銀町《しろかねちょう》……正しくは日本橋本銀町というんですけど、八丁堀の旦那、葉暮七之介さまはもちろんご存じでございましょうね」

「今夜は葉暮七之介なんて男はいねぇなぁ」

ついでに「ふん」と鼻を鳴らして、七之介はとぼけ顔をした。

「八丁堀のお屋敷がある東は霊岸島《れいがん》で、ここを南と北に分けて流れるのが新川で」

「あのあたりは、京や灘《なだ》からの酒樽《さかだる》を積んだ荷船がワンサと横づけされるところだ。町全体……そっくりが酒のいい香りに包まれているな」

「新川の北側、四日市町を俗に北新川。南側の銀町一帯を南新川と言うそうですね」

「それがどうした」と、七之介の口ぶりは心なしかつんけんしている。

「新川が大川に流れ出るところにあるのが三ノ橋です」

七之介としては少々酒が半端らしい。三之丞が七之介に代わって訊く。

「新川の出口の……三ノ橋がどうしたのかな、宇兵衛さん」

「へい。その三ノ橋の北詰めに近いところに喜多屋《きたや》という船問屋があります」

「きた……屋？」

だれ気味だった七之介が、しゃんとした声で訊いた。

「きたという字は、どう書く」

「川越の喜多院の、よろこび多いで、あの喜多です」

「ほう！　よろこび多いで喜多屋か。なるほどなぁ」

七之介の目がまたきらきらする輝きを取り戻した。

「とっつあんよ、妙にもったいつけねぇで、すっぱり言ってくれ」

三之丞が宇兵衛に先んじて答えた。

「その船問屋のあるじが、吉蔵ということだろ？」

「へぇ」と宇兵衛がはっきりうなずいた。

「これも、お見とおしのとおりで」

「まだ、なにかありそうだな」

「おわかりになりますか。さすが八丁堀の旦那、葉暮……」

「違うだろ。売れない戯作者、何藻仙蔵！」

「恐れ入りますが、あっしにとってはどちらでも文句を言う筋合いじゃございませんの。とにかくいまの……このなんとも苦しく切ない思いを救っていただけるなら……」

「くどいよ、とっつあん。それより、まだなにかあるだろう。さっさと、吐いちまいな」

「その口ぶりって、葉暮七之介さまじゃありませんか」

「うるさいよ」

三之丞が分けて入った。

宇兵衛は左の掌《てのひら》で顔をつるりとひと撫ぜした。

「へぇ。真面目な話……」

七之介が宇兵衛に正面きって言った。

「ずっとおれたちは、大真面目だぜ」

宇兵衛はしれっと言った。

「喜多屋という船問屋……裏手の川越ふうの土蔵造りの中は、盗人宿にもなっているとは思ってますがね」

七之介と三之丞がずりっと、膝をすすめた。

波の音はまたひときわ高くなっているようだ。

# 第三章　逆怨みの闇

## 一

御奉行小田切直年に呼びつけられていた。

すでに暮れ六つ（午後六時）の鐘を聞いていたから、呼びつけられた場所は北町奉行としての公務から解放されてくつろぐ書院兼居室である。

といっても、奉行所の敷地内であり、いかめしい造りの詮議所《せんぎしょ》やお白州のある表の建物と棟つづきになっていて、なんとも気が変わらない。

町奉行は職と住が同じ敷地内というのが規則だから、御奉行その人はもう慣れっこになっているらしい。

七之介にしてみれば、勤めが終われば八丁堀の役宅に帰れるだけでもありがたいという気分になるのだが。

それでもやはり御奉行のこの居室には、外の雑音ときっぱり隔てられた静けさがある。


酒膳が出ていた。

奥方有紀乃《ゆきの》が、女中に手伝わせてみずから膳を運んできた。

奥方はほっそりした柳腰の美女である。四十路《よそじ》をいくつか越えるころと思われる年齢のはずだが、まだたっぷり色香をまとっていて美しい。

夫の小田切直年は壮健そのものだし、有紀乃との夫婦仲もうまくいっているうだ。というのも、町奉行といった職務柄もあろうが、いまの小田切には妾《めかけ》などいないようだ。

娘は二人いる。長女が香代《かよ》、次女が知香。おっとりした香代と同じ血を分けた実の妹だが、お知香は腹違いの子かと思えるほどに性格が異なる。

家族や雇い人のいる屋敷内では、お知香はしおらしいお嬢さまを装っているらしいが、どういう口実や技巧を使うのかよく町へ遊びに出る。

しかも、着る物も町娘らしくしているし、髪かたちは薄絹の頭巾などで覆って、御奉行の娘という身分に逆らうように、思いのままに過ごすのだ。

七之介の臨時廻り同心という役務は、裏の事件やこれから起こるかもしれない事件を未然に阻止するのが主な仕事だ。したがって毎日の行動の定めもないし、その行く先も千変万化する。

にも拘わらず、お知香はひょいと七之介の前に現れて、しなしなと寄ってくることもある。

中味のない者がいくら肩をいからせ偉そうな言葉を並べ立てても、それは所《しょ》詮《せん》「虎の威を借る狐」でしかない。

しかし、いまの奉行としての小田切直年の貫禄はなかなかのもので、その存在感も申し分ない。

日ごろの七之介は、御奉行とじかに接することも少ない。となれば親しく口をきく機会など、ちょくちょくあるわけではない。

でもいったん、二人だけでの差し向かいとなると、彼の立ち居振る舞いも顔つきも、言葉遣いも一変する。

「おい、七之介よ」

裃《かみしも》も袴《はかま》も脱ぎ捨て、ぞろりとした着流しでくつろいでいるときは、口のききようもひどくざっくばらんになる。

「近ごろはまた一段と、世の中が騒がしいようだな」

「御奉行が処刑したあの鬼坊主清吉と仲間二人の残党たちが、ごそごそと盛んに悪さをしているということです」

「どぶ鼠のような盗人《ぬすっと》集団などは、いつの世にもしつこくのさばるものさ」

七之介としても上司先輩や同輩のいる場所では、とりあえず礼だの格式を意識して喋るが、差しでは余計な飾り言葉なしで応ずる。

「それより、七之介」

「はい」

「きゃつらはこのところ、うちの娘などにもそれとなくまつわりついているようだな」

「御奉行から、お嬢さまの身の安全には十分の気配りをと言われていますので、ご安心のほどを」

「と口では言うものの、あれこれ忙しいようだな」

「は？」

「だから、北町奉行所臨時廻り同心、葉暮七之介は、あれこれ忙しいだろうと言うとる」

「はい。それはもう、御用繁多に切れ目などございませんから」

眉ひとつ動かさず、しれっと言ってのけた。

「鈴木勘次郎や畑中五平太なぞ、衝立て越しに柏木太左衛門《かしわぎたざえもん》に、あえて聞こえよがしに、忙しくてやりきれないなどとのべつ不満を口にしているらしい」

柏木は筆頭与力だが、最近の彼には若い者を引っ張っていく勢いはないようだ。

「それにしても……鬼坊主清吉の残党といわれる連中の跳梁《ちょうりょう》は、このところまた目に余るものがあるようです」

「七之介が、正面立ってきゃつらに立ち向かわないから、図に乗ってるんだ」

「それはどうでしょうかね。葉暮七之介など、きゃつらの眼中にもないんでしょうよ」

「そりゃあそうだな」

ぬけぬけとそう返されて、さすがの七之介も鼻白んだ。

「だからよう七之介よ」

「はい」

「北町奉行所だって、とにかく有象無象《うぞうむぞう》、雁首《がんくび》は揃ってるんだ。地獄に追い落とした鬼坊主だか鬼薊だかの残党も確かに相変わらず小うるさいが、いずれしっかりどぶ鼠退治はしよう。それよりもやっぱり、なにはともあれ知香の面倒を見てやってくれ」

そう言い放っておいて、御奉行は「よっこらしょ」とかけ声をかけて立った。

「厠《かわや》へいってくるよ、七之介」

ずしずしと足音をさせて部屋を出ていった。

七之介は、勝手に膳の徳利を取って大ぶりの盃に酒を注ぐ——が、とうに空だった。

と、それを待っていたかのように、廊下の戸ぶすまが開いた。さっき、奥方が膳を運んできたときに手伝い、つきそっていた年配の女中がその戸ぶすまを開けたようだ。

大ぶりの膳を捧げ持って部屋に入ってきたのは、お知香だった。

女中はお知香を部屋にいざない入れると、そっと戸ぶすまを閉めて去った。

濃い藍色の着物をまとったお知香のたたずまいには、武家の娘らしいしっとりした雰囲気がある。

「葉暮七之介さま。ようこそおいでくださいました」

　ていねいな辞儀をした。

　その立ち居振る舞いも言葉遣いも、文句なしに品位のあるものだった。町で会うお知香とは大違いだ。

　ひたと七之介と目を合わせても、澄まし顔で柔らかく微笑した。

「父がしばしの間、おもてなしをするようにと……」

「お父上は？」

「これからゆっくり湯を使うそうです」

「湯に……入られたか」

「ぬるめのお湯につかって、のんびり過ごすのが、父の楽しみでございます」

「なるほど。では、わたしはこれにて失礼をばいたします」

「なにをおっしゃいますか。もし葉暮さまがお帰りになってしまわれたら、この知香のおもてなしが悪かったと、それはひどく叱《しか》られます」

「そうはいっても……」

「さぁ、熱燗《あつかん》のお酒を持参いたしました。お注ぎいたします」

盃を持たされた。知香はすぃと七之介の傍らに寄り添うようにして、器用な手つきで酒を注いだ。

「さあさぁ、お召し上がりなさいませ。さぁ、どうぞ」

七之介はなにやらあたふたしていて、命じられるままに盃を干した。

知香はすかさず酒を満たす。

「……ということはお父上は……」

「あ、あの人のお風呂は長いんですよ」

知香は父親のことをあの人と言った。

「ふふふ」

ふくみ笑いが、色っぽい。七之介はついつられてお知香を見返って、頬をゆるめた。

「なにしろ葉暮さま」

「は……」

つい、戸ぶすまの向こうを気にしたりして、畏まった喋りになる。

「父のお風呂には、湯女《ゆな》がかしずくんですから」

「湯女が？」

「なにしろ、白い湯帷子《ゆかたびら》一枚だけをまとった女性《にょしょう》が、やさしく寄り添うようにして父のからだをそっくり、糠袋で洗うんです」

「はぁ」

気の抜けた返事をしてしまった。

「その後、湯帷子を脱いだ女は、いそいそと湯をあびて、後は湯舟に渡した板をお膳にしてお酒をゆっくり差しつ差されつ……」

「御奉行のお相手をする女性というのは、どなたで？」

「葉暮さまらしくない、野暮なお尋ねでございますねぇ。相手をするのは母でございます」

ほほほと、お知香はおちょぼ口に指を当てて品よく笑った。

「いや、ぶしつけなことを訊きました。すみません」

「あやまることはございませんよ」

「……いやいや、酒には強いほうだが、なんだか妙に、酔ってしまった」

「母は……いえ、あの母のからだは、娘のわたしが見ても羨ましいほどに、肌もつやつや。それに、乳房のかたちもくずれがなくて、おいども まあるく愛らしく、それは目まいがするほどに美しいんですよ」

「………」

七之介はうまく返事もできない。

自分で徳利を取って盃に酒を注いで、つづけて三杯あおった。

お知香はくねくねとからだをゆらめかせて、七之介に寄り添った。

「ねぇ、七之介さま」

声を低めて、耳もとで囁《ささや》いた。

「……お嬢さん、場所柄をわきまえず……よしてください。離れてください」

いつも冷静でうろたえることがない七之介が、珍しくひどく上ずっている。

「ふふ、七之介さまってかわいい……ふふ」

「もし……その、過ちを犯すようなことをしたら……つまりその……」

あらためてお知香が口に掌を当ててふくみ笑いをした。

七之介はまるで辻褄《つじつま》の合わないことを口走っていた。つまりひどく混乱しているということだ。

「七之介さま？」

「はい」

「真面目に聞いてください」

「ずっと真面目です」

　お知香は、そろりと動いて七之介の正面にぴたりと座り直した。

「このところわたしは……目には確《しか》と見えないけれど、とてつもなく凶暴で陰険な影にずっとつきまとわれているんです」

「とてつもなく凶暴で陰険な影……？」

「ひょっとしたら、ある日あるとき、ふっと消されてしまうのかもしれないと、毎日を息を詰めるようにして過ごしているんです」

「待ってください！　お嬢さん」

　七之介も座り直して、お知香にきちんと向き合った。

「ここは天下の北町奉行所屋敷内のお住まい。しかも、遣り手、凄腕といわれるお父上、小田切土佐守直年さまという御奉行と起居をともにされているお嬢さんが、なにをそんなに怖がっているのですか」

「そんなことはもう、百も二百も承知のことです。いえ、そんなこととは一切関わりなしに、いまのわたしの心は……目には見えないなにかに、どうしようもなく恐れおののいているのですよ。わかってください！」

「目には見えないなにかとは、なんです？」

「だから、それは……」

一途な黒い眸《め》が、七之介を射竦《いすく》める。とび抜けてお俠《きゃん》ないつものお知香とは別人のようだ。

「北町奉行としての父が、遣り手だの凄腕だのという周りの評判に踊らされて、容赦なく処罰した者たちの、逆恨みの霊かもしれない……」

「まさか！　悪いことをして捕らえられた者たちに対する御奉行の吟味詮議はつねに冷静で誤りはなく、処罰処刑も当然、妥当そのもの……」

「そんなことではないのです！」

お知香の言葉はきつい。七之介はつい口を閉じた。

「……そういうことではなくて、というよりそういうこととは拘わりなく、いまのわたしは、目には見えない霊に脅やかされているということを、わかってほしいのです」

七之介の二つの膝をお知香は両手でつかんでゆすった。

「……わたしがいま、脅えているのは、じつは霊などという曖昧《あいまい》なものではなく、わたしの命を狙う者たちの怨恨かもしれない……」

七之介は重い口を開いた。

「それなら、真っすぐお父上にそのことを……」

お知香がさらにからだをすすめて、七之介の胸にくいと顔を寄せていた。

「父は言ったのです。そんなに不安なら葉暮七之介にじかに訴えろ、と」

「うは……」

七之介は思わずまた、言葉にならない言葉をもらした。

「いまこの知香がおすがりできるのは葉暮七之介さま……あなただけ……」

七之介はきつく目を閉じて顔を天井に向けている。

二

仲蔵の手下として働く若い衆は宗八と仙太《せんた》である。

宗八は、日本橋川下流の北新堀町の甚助長屋に母親と二人暮らしの二十三歳の独り者。相棒の仙太は十九歳で、永代橋西《えいたいばし》詰めに近い兄夫婦の営む船宿の粗末な物置小屋に寄宿している。

二人ともいっときは、お定まりの酒と女と博奕で荒れていたところを、仲蔵のお陰でなんとか、まっとうに暮らすようになったといういきさつがある。

奉行所の定町廻り同心の手下を勤める者などは、世間さまに知られたくないことの二つや三つはあるのが通例だ。畑中五平太から手札をもらっている岡っ引きの弥助も例外ではなかったし、その手下の吉次も——同類であった。

もちろん、そんな過去は過去で、いまは堅気に暮らしているということが大前提になることは当然なのだが。

つまり、世間の裏事情に通じている彼らの経験と勘が、人手不足の奉行所の役人のあれこれの事件の捜査に大いに役立つのである。

もうひとつたとえ話をするならば、鵜飼《うか》い舟の鵜匠《うしょう》は奉行所の同心で、紐《ひも》で操られながら鮎《あゆ》をくわえ込む鵜が、岡っ引きとその手下ということになるか。

とはいえ、手当たり次第に店の者を殺傷し、百両二百両という大金を強奪するような大事件は、御奉行をはじめとする与力や同心や捕り手が動かなければ、所詮は手におえない。

岡っ引きや手下がみずから手柄をあげるとすれば、もっぱらこそ泥や掻っ払い、若い娘たちへのちょっかい野郎など、おおむねケチな男たちをこまめにふん捕まえるなんてことが限度なのだ。

もうひとつ、表向きには絶対に禁じられていながら、そのくせ紙一重の裏側では相も変わらず大はやりなのが、さまざまな博奕である。

宗八と仙太の二人も、花札や丁半博奕の現場には詳しい。

江戸の町にはそれこそ数え切れぬほどの隠れ賭場《とば》がある。

仲蔵に言わせれば、「この世で絶対に根絶やしにできないもの。それは、博奕と女房の目をかすめての亭主の浮気。それとあろうがなかろうがお構いなしの女房の悋気《りんき》だ」とか。

生き物で賭け事にうつつを抜かすのは人間だけで、こればかりはどう取り締まりをきつくしても根だやしにできない――とは仲蔵の持論だ。

いまの仲蔵は、博奕も浮気も女房の悋気もないと堂々と宣言しているが、若い宗八と仙太に言わせれば、「詰まるところそりゃあ、あのおかみさんのでっかい尻に敷かれているということじゃねぇか」ということになる。

その宗八が、かつては親しい仲間だった又造《またぞう》とたまたま出会って、ある賭場に吉次がしきりと出入りしていることを耳にはさんだ。

又造にとっていまの宗八は、いわば奉行所の走狗《いぬ》のような存在で、毛嫌いされて当然である。

でも、どういうはずみか、はたまた宗八がどんな誘い水を向けたのか、ある賭場で穴熊役《あなぐまやく》をやっている吉次の名を聞き出したのだ。

賭場の穴熊役とは、さいころ博奕場でのいかさま仕掛けの陰の主役のことだ。つまりは、盆茣蓙《ぼんござ》の真下の床に穴を開け、ツボを振る相棒と密かに通じ合って、丁か半か、床下の穴熊役がツボの中のさいころを針で突いて、咄嗟《とっさ》に胴元に都合のいい目（数）に変えてしまう――という八百長の業師《わざし》のことだ。

又造の話では、もともと吉次はそんな博奕場のあれこれのいかさまに詳しかったという。

丁半博奕には二つのさいころを使うが、さいころの中に鉛を入れて、一定の目だけを出すものなどを器用につくったとか――。

宗八はなけなしの銭をはたいて、又造に安酒を呑ませたと言い、仲蔵はその分の銭を宗八に与えたようだ。

――酒が入ると、たいていの男は口が軽くなる。ついでに尻も軽くなる。そして誰かの財布も軽くなるということよ。

そんなことを呟きながら、宗八の財布に銭を入れてくれた仲蔵は、宗八にとってやっぱり「話のわかる親分」になるのだ。

仲蔵は三日も前から、永代橋の向こう、深川相川町の海っ端の賭場に踏み込むことを七之介に伝えていた。

しかし、七之介は御奉行の直々のお声がかりの急用で手が離せないという。

――吉次をなんとかひっ捕まえてくれれば恩に着るぜ。

その口でけろりとそう言ってきた。

――吉次という鼠は、あっちこっちの悪事に関わっているとんでもねぇ鼠だ。なんとかひっ捕えてくれや。

うんざりするほどの事件を押しつけられても、決して不平不満を口にしない七之介だから、その七之介の好きな仲蔵もぶつくさ口にしない。

とはいえ、穴熊役とやらの吉次がほんとうにその賭場の床下にいるのかいないのか、宗八の報告だけではじつのところ仲蔵にも見当がつかない。

宗八にしたところで、安酒の酔いを誘い水にして又造からなんとか引き出した話だから、

――雑魚《ざこ》ばっかりでも、手柄は手柄でござんしょう？

と、しれっとうそぶいた。

とにかく、役人たちの目を逃れての賭場だから、とんでもない場所にあることが多い。

よくあるのは、大名たちの下《しも》屋敷の納戸や裏部屋が使われる。それは、町方の役人たちは絶対に武家屋敷に踏み込めないからだ。

そのほか、見捨てられた廃寺とか、まるで人々からすっかり忘れられたような雑木林に囲まれた小屋とか、ときには富商が所有する土蔵の奥の座敷部屋だったりする。

しかしながら、いくら世間の目をはばかるといっても、狐や狸が出そうな不便な場所では、肝心の客がこない。

賭場づくりにはその兼ね合いが難しい。

宗八が又造から聞き出した場所は、永代橋東詰めの下流、海沿いをぐるっと大きく回り込んだ荒れ地にあった。

正面に見える島は石川島。左手にも枯れ葦《あし》に覆われた巨大な島がうっそりと見える。

一軒家があった。大きな黒い塊のように濃い闇をまとっている。

この一角の東側の背うしろは深川や本所という、とびっきり賑やかな町が控えているのに、まるで嘘のように淋しい。人が暮らしている気配がない。

ついこの間まで正面の海には、しろうお漁の漁火《いさりび》が揺れていたはずだが、その景色もない。

また冬が舞い戻ってきたような荒涼とした夜景である。

「永代橋近くの相川町の一膳めし屋の親父の話では、もともとこの家は、日本橋魚河岸の鯛《たい》問屋のあるじの別宅だったそうですけどね。どういういきさつがあったか、妾として住んでいた女がある日、首吊りをしてそれ以来、放ったらかしのあばら家になり……それがいつの間にか博奕場に様変わりしてたというわくがありやす……」

仲蔵と仙太は、宗八のひそひそ声になんとなく身震いした。

まず、頼りになる七之介がいないこと。それに寒気がひどく、からだの芯まで冷えていること。おまけに首吊りした女の話が効いているのだ。

家の周りは荒れ放題で、たぶん以前は生け垣や庭木が植えられていたあたりも枯れ草でただ寒々しい。

しかし、しっかり立て回した雨戸の隙間に秘めやかな灯りが見えていて、確かに人の気配もある。

「……親分」と、宗八の低い声。

「なんだ」と仲蔵。

「あっしらが御用と踏み込めば、胴元の連中はもとより、客たちも浮き足立って大騒ぎになるでしょうけど……なにがなんでもあの吉次だけひっ捕まえればいいんでしょう？」

「とりあえずは、そういうことだ」

仙太がわけ知りふうに言った。

「葉暮の旦那がいりゃあ、どいつもこいつもそっくりお縄にすることができるけど、この三人じゃあ……」

「黙れ、仙太！」

仲蔵の声が尖った。

波の音が冴えざえと聞こえている。

「ね、親分、どうせ海っ端の一軒家だ。火でも放てば、きゃつらが大騒ぎして逃げ惑うでしょうから、どさくさに乗じて吉次だけをひっ捕まえれば、なんてどうです？」

仲蔵より先に仙太が応じた。

「兄貴、それが面白そうだな」

　仙太がククク と無邪気に笑った。

「馬鹿め！　面白い面白くねぇじゃねぇ」

　仲蔵の本気の叱咤《しった》に、仙太は首を縮める。

と。

「その三人、動くなッ！」

　重石《おもし》のようなざらついた声が、三人の背を打った。

　それでも仲蔵は、瞬時に前方へ跳んだ。宗八と仙太も無我夢中でそれに倣《なら》った。三人が向き直る。目を凝らす。

　夜目にも拘わらず、穢《きたな》く垢じみた浪人であることがわかる。

「くそ役人の走狗めら三匹、うろうろ嗅ぎ回るんじゃない」

　浪人が大仰に鍔鳴りをさせてから、ゆっくりと刀を抜き払った。

　浪人の背後に二人の男がいた。

「ご浪人さん、こいつら、さっさと始末しておくんなさい」

「あ……又造……あの野郎、裏切ったな」

　と、宗八が思わず叫んだ。

「あいつは……吉次……吉次もいる」

宗八の声も仙太の声も、ブルブルと震えている。

「だから、てめぇらのやることってぇのは……信用できねぇんだ……」

仲蔵は声を殺して口早に言い、じりっと、後にすさった。

「なんとか、逃げるんだ！　カッコ悪くて、こんなとこで死ねるかってんだ」

しかし、背うしろは戸を立てた家で、三人は身動きすらできない。

「親分……」

仙太の声はもう泣き声だ。

宗八の息遣いが荒くなった。それは、鉄を溶かす炎をあおる道具——鞴《ふいご》のようにヒューヒューと鳴っている。

「うはは……」

浪人があざ笑った。

吉次と又造もつられてうひひ……と身をよじって笑いころげている。

その三人の笑い声に、ひょいともうひとつ、まるで異なる笑い声が加わった。

そのあっけらかんとした笑い声に、浪人と吉次と又造がいきなり押し黙り、きっと振り返る。

なんと、あっけらかんとした別の笑い声の主は七之介だった。

「あ……あの声は葉暮の旦那……」

闇を透かし見た宗八が叫んだ。

よく響く声で七之介は言った。

「こんなこともあろうかと、それとなくおまえさん方にくっついてきたんだ」

「あはぁ……」

仲蔵の安堵《あんど》の息は、やたらでかい。

「三人のお手柄になりゃあいいと思っていたが、なんとなく心配でよ」

それまで息を詰めていたような家の中に、いきなりドタバタという騒ぎの気配が生じた。

黒い塊のような家の向こうに、バチバチと火が弾ける音がして、赤い炎のゆらめきが立ち上った。

「おやおや……この家の誰かさんの火の不始末か……火が出たようだぜ」

せせら笑いのまじった七之介の台詞《せりふ》はあっけらかんとしている。

「こんな忙しいときに火を出すなんて、ドジな野郎どもだ。まったく！」

仲蔵は肚の中で呟いた。

——火を放ったのは葉暮の旦那だ……やっぱり敵《かな》わねぇ。

吉次と又造がいきなり敏捷に横に跳び、浪人が七之介に向かって疾駆した。

七之介は浪人たちの動きを見定めながら、ゆっくりと愛刀美濃関の九字兼定を抜き放った。

「くたばれぇッ！」

浪人が咆哮《ほうこう》した。

地摺りから大上段に振りかぶった渾身《こんしん》の一撃が、七之介を襲った。

七之介はしなやかに動いた。思いっ切りからだを撓《しな》わせ、低めて、横薙ぎに一閃した。

「ぎゃあっ！」

ざらついた絶叫があたりの闇を震わせた。

浪人の剣尖が七之介の頭を斬撃する前に、九字兼定二尺三寸の刃は、浪人の胴を深々と斬り裂いていた。

ふと気づけば、背後の家の軒あたりから早くも白煙にまじって真紅の炎が噴き出していた。

吉次と又造がさっと退いて、背後の闇に隠れた。

七之介は思いっ切り跳んで、奴らが身を没した闇に躍り込んだ。

仲蔵と宗八、仙太の三人は、固唾《かたず》を呑んで居竦んだままだ。

一瞬にして、背後の炎は勢いを増し、三人の背を焼くように迫っていた。

火の粉が容赦なく三人に降りかかってくる。

「あちち……」

「ひゃあ……熱い！」

「こりゃたまらねぇ……」

三人がうろたえ惑っている。

真紅の炎はまるで妖しい生き物のようにぬめぬめと動いて、さらに三人の頭上に襲いかかる。

「これじゃあ、火だるまになる……逃げろ！」

仲蔵ががなり、三人は転げるように闇の奥へ逃げた。

目の前に七之介が立っていた。

「あ……旦那……」

「飛んで火にいる……冬の虫か」

「面目ねぇ。で、きゃつらは？」

「浪人は斬ったが、若いのはさっさとずらかった」

「……お陰で、助かりやした」

仲蔵が目をしょぼつかせて立っていた。

「まっこと……面目ねぇ」

「だから、おまえさん方だけのお手柄になれば、手出しをせずにおこうと思ってたがな」

「宗八や仙太はともかく、いい年をこいたあっしが、この体たらくで。恥ずかしい」

「お初さんに、その姿は見せられねぇよな」

「ふん……なんとでも言ってください。男一匹、だらしのねぇ言いわけはしませんからね」

仲蔵はそこで、しゃんと背を伸ばした。

「それより、こんな火事場をウロウロしてるとまた、面倒な貧乏くじを引くことになる。さっさと引き上げようぜ」

七之介は身をひるがえす。仲蔵もあたふたと後を追った。

風が出たのか、波の音が高くなった。

すっぽり家全体を包んだ炎は勢いを増して、轟々《ごうごう》と鳴っている。

三

秩父《ちちぶ》の甲武信《こぶし》ヶ岳《がたけ》の山峡を源とする荒川。その流れは岩渕村あたりで二分されて、一方は大川とも隅田川ともよばれて、江戸湾にそそぎ入る。

上流の岩を噛む渓谷などでは、水は荒々しい音を響かせて奔流するが、下流にゆくにしたがい、ゆったりゆるやかに表情を変える。

その大川の水も、永代橋の下を流れ過ぎると江戸湾の海水とまぜ合わされて、新しい大きなうねりでたゆたう。

この橋は、元禄《げんろく》十一年（一六九八）に五代将軍綱吉《つなよし》が五十歳になられたのを記念して造られたとか。

長さ百二十八間の橋から眺めれば、正面にぽっかり浮かんで見えるのは石川島や佃島、左手の岸沿いは深川相川町に南隣は熊井《くまい》町だ。

仲蔵と宗八、仙太の三人が、吉次を追って危うく返り討ちになりかけたその相川町だ。七之介が現れなければ三人は冥土《めいど》へ行っていたかもしれないという危機だった。

そして右を見れば、霊岸島。その名の由来は、あの明暦《めいれき》の大火で焼けて深川へ移転した霊岸寺の寺名の名残《なごり》だ。

島という名がついているのは、このだだっぴろい土地が北を流れる日本橋川、そして、西から南へとぐるりと囲むように亀島《かめじま》川が流れていて大きな島ともいえる地形のせいだからだ。

その亀島川の西側一帯は、いわゆる八丁堀であり奉行所の役人たちの御長屋が集まっているところだ。もちろん葉暮七之介の住居もある。

霊岸島の東続きの三分の一ほどは越前松平様の中屋敷だが、あとは商家と民家が並んでいる町場だ。

ほかには西国からの酒樽を運ぶ荷船を扱う船問屋と酒問屋が軒を連ねる。

日本橋川上流の魚河岸に負けない賑わいに明け暮れる。

かつて、繁華をきわめる江戸でも、とびっきりの豪商として指折り数えられた河村瑞賢《かわむらずいけん》という男がいた。

霊岸島を二分する新川は河村瑞賢の手によって開削《かいさく》されたものとか。

仲蔵も日本橋魚河岸で荷運びをしていた親父に、瑞賢のことは聞いていた。

伊勢《いせ》の国から文無しで江戸にやってきた若者が、飢えて死ぬような思いをしながら、たちまち大儲けをしたという立志伝である。

それは、夏の先祖祭りの盂蘭盆会《うらぼんえ》の供物である茄子《なす》や胡瓜《きゅうり》が川を流れていて、誰も見向きもしないのを、彼は拾い集め洗い直し、塩漬けにして人足などが働く普請場で安価で売り捌いた。

その商いがきっかけでいっぱしの商人になる。

その後もとんとん拍子で、やがて幕府の仕事で治水や道普請、はては海運や舟運という大事業で功なり名遂げた——という物語だった。

——人もいろいろ。男の人生もいろいろだなぁ。

ふとそんな思いにとらわれている仲蔵はいま、新川の三ノ橋に近い、暗がりに身をひそめている。

船で送られてきた酒樽をいっとき納めておく蔵が、ずらりと河岸沿いに並んでいる。

七之介も言っていた。

——新川あたり一帯は、どこもかしこも酒のいい香りがするなぁ。だからって、あのあたりをうろつくのは嫌いだ。酒の香りは大歓迎だが、それだけのことで一滴たりとも酒そのものが味わえるわけじゃねぇからさ。

そうあけすけに不満を言う七之介だが、北斎が描く一糸まとわぬ女には、指一本触れずに眺めているだけでも満足するらしい。

その七之介の命令で、仲蔵は宗八と仙太を従えて、ゆうべもきょうも船問屋喜多屋の出入りの者たちを見張っているのである。

あの吉次が出入りするのを確かめるためだ。

とはいっても、昼間出入りする者たちは、どう見ても喜多屋のまともな商いに関わる者ばかりらしく、仲蔵がしゃしゃり出る必要はない。

――やはり、とっぷり闇が濃くなってからのことよな。

すでに喜多屋という船問屋が、吉次の兄貴の吉蔵が営む店であることは確認している。

新河岸川の寺尾河岸では、親の吉十の権勢を笠に着て、弟の吉次とつるんでさんざんのさばり歩いたという兄貴の吉蔵が、いまは船問屋のあるじとして、それらしい気取りや表情や振る舞いを身につけて納まっている。

吉蔵には、つねに二人の付け人がいる。ひとりは肩幅のがっしりとした四十絡みの男。もうひとりは二十二、三歳の色白の男だ。繁多をきわめるあるじ吉蔵の商いを助けるために——という体裁なのだろう。

だが、岡っ引きの仲蔵の目には、二人が算盤《そろばん》や商いのかけひきなどには、まるで縁遠い場違いの男であるとはっきりとわかる。

いくら頭に商人髷《まげ》を結い、地味な唐桟《とうざん》織りの着物で身を包んでも、身のこなしが違う。足運びが違う。第一、目つきが違う。

——所詮、狐や狸の化け術のほうが一枚も二枚も上手《うわて》というわけだ。

見て見ぬふりの仲蔵という異名を持つ男が、じかに聞こえぬ世間のあれこれの噂も聞き分ける。見えないものもちゃんと見とおす眼力もある。


仲蔵と下っ引きの仙太が息をひそめてうずくまっている場所は、すでに大戸を下ろしている喜多屋に近い、小さな稲荷堂《いなりどう》の祠《ほこら》の陰である。

宗八は、喜多屋の店のきわの板塀の天水桶《てんすいおけ》にへばりついて息を殺している。

その天水桶の向こう側に喜多屋の木戸がある。大戸の潜り戸とは別の出入り口なのだ。

——あすこから入ると、たぶん店の裏の土蔵部屋なんぞに、じかに行けるはずだ。

すでに両三度、仲蔵はこの潜り戸の出入りを夜陰に身を隠して見張った。

——吉次の出入りがきっとある。となれば宇兵衛のとっつあんが言うように、きっと胡散臭い野郎どもの出入りもあるはず……。

七之介に言われている。

——まず、吉次の出入りを確かめろ。もちろん、船問屋喜多屋の商いとまるで関わりのねぇ、胡散臭い野郎どもの出入りが確かめられたらめっけもんだがよ。だが、それ以上の手出しは絶対にするな。

店の大戸を下ろした後でも、店への出入りはある。しかし、大戸の潜り戸を使ってのことで、このわきの木戸を使う者はいない。

気の短い仙太は、

——いっそのこと、この木戸から中に入ってみましょうよ。

と逸《はや》る。

張り込みというのは、とにかく忍の一字だ。

ちっぽけな稲荷堂なので、二人はじっと屈み込んでいる。ときには立ち上がって、からだを伸ばしたいがそれはできない。

なにしろ、三、四尺先が往還だから通りすがりの者に見られて怪しまれ、騒がれたらおしまいだ。

でも、仲蔵や仙太より、天水桶の陰にいる宗八は、もっとしんどい思いをしているはずである。

どこかで寺の鐘が鳴っている。

――そろそろ、四つ刻（午後十時）になるか。

仲蔵は、もぞもぞと身じろぎをする。

と。

だだだ――と、激しい足音がして、宗八が稲荷堂の前を走り抜けた。

――どうした？

「親分！　逃げておくんなさい！」

川下への道を疾駆した。

仲蔵と仙太が立ち上がる。

「いてて……」

ずっと屈み込んでいた二人は思わず呻く。かといって、もたもたしている場合ではなさそうだ。

二人が往還へ足を踏み出す。

なんと、抜き身をひっ下げた浪人らしき男が、唸《うな》り声を発して疾駆してくる。

「仙太、ずらかれ！」

仲蔵と仙太が、いま宗八が走り抜けた川下への道を走り出した。

仙太は若い。仲蔵より足が長い。先に走り出した仲蔵を追い抜いて先に出た。

仲蔵の背うしろに、浪人の荒い息遣いが迫っている。

浪人は言葉を発しない。

――このまま、追いつかれたら、脳天を叩っ斬られる！

仲蔵も必死で駆ける。

――こ、今夜は……七之介の旦那は……助けにきてくれねぇのか……。

そんなことを言っている場合ではないはずだが、仲蔵は肚の中で叫んでいた。

――仮りにも、十手を持っている御用聞きが、助けてくれぇ！　などと言えるか！

いつもうろたえることのない仲蔵だが、頭の中がかっと火の塊になっていた。

「親分！　宗八兄貴が……」

仙太がたたらを踏んで立ち止まった。

「親分！　前からだんびら振りかざした野郎がくる！」

宗八が横っ跳びに、川べりの空き地に走り込んだ。

仲蔵も仙太と、もつれ合うようにして、宗八につづいた。

「奉行所の走狗《いぬ》三匹、一匹残らず叩っ斬れッ！」

「おう！」

殺気をはらんだ浪人二人の声が背を刺してくる。

「親分！ 川へ飛び込む！」

宗八が叫んだ。そのまま、思いっ切り身を躍らせた。

どぼん！

仲蔵は「うへ！」と思わず身を竦めた。

だが仙太は、もう思いっ切りよく地を蹴っていた。

いつも、いざという場合にはグズでとろい仙太だが、今夜は妙に身軽ですばしっこい。

仲蔵は目をつぶった。川面は闇の底だ。

どぼん！

三人は、がむしゃらに泳いだ。

仙太、宗八、そして仲蔵の順で、枯草の土手を這い上がった。

そこは、海に面した大川端町の海っ端だった。

ずぶ濡れの三人は、黙りこくって座り込んでいた。

すぐ土手の下で、たぷたぷと波の音がしている。

対岸のあの相川町あたりには、もう灯りさえない。

三人は言葉を発しない。耳を澄ましている。

どうやら、追っ手の気配はない。

「二人とも、大丈夫か」

「へい。親分も……ご無事で」

宗八が答える。仙太はぐちゃぐちゃの袂《たもと》を絞りながら言う。

「それにしても親分」

「なんだ」

「やたら酒に縁のある新川ということで、どこもかしこも酒のいい匂いがするって言われてましたけど、川の水はただの水でしたね」

「馬鹿！」

三人が同時に、ぶるると身震いした。

「……世の中を食い荒らす、くそ鼠どもをひっ捕まえようとするおれたちが、こんな情けねぇ濡れ鼠になっちまった。ついてねぇ」

「そう言いますけど、親分」

「なんだ」

「おいらたちを目の仇《かたき》にして追いかけてきた浪人たち……あの用心棒も腕の立つ奴らだった。ということは、あの喜多屋に疚《やま》しいことがあるという……つまりは、文句なしの証拠でしょうが」

「そうだ。そうとも言えるね、兄貴」

仙太はそう言いながらまた、ぶるると身震いした。

「仙太！　そうとも言えるなんてもんじゃねぇ！　絶対、あの喜多屋は悪党の巣に決まってるんだよ。ねぇ親分」

「しッ！」

仲蔵は、大声を出す宗八を黙らせた。

もう一度、三人はあたりの気配に耳を澄ませた。相変わらず波の音しか聞こえない。

そのとき、仙太が「ハックション！」と思いっ切りくしゃみをした。宗八が仙太の頭を張りとばした。

「静かにしろい！　馬鹿」と声を忍ばせて言った。その声が小刻みに震えている。

仲蔵は立ち上がった。しずくがポタポタと滴り落ちた。

「ああ……情けねぇ」と呟いた。

四

ゆうべ、次郎兵衛長屋の家主の喜十に届け物を頼まれた宇兵衛は、龍閑川を地蔵橋で渡って大伝馬塩町《おおでんましおちょう》までいった。

冷たい小雨がぱらついていた。足の達者な宇兵衛はむしろ小走りでまた地蔵橋を渡った。

まだ時刻は五つ（午後八時）を回ったばかりのはずだったが、通りに人影はなかった。

橋を渡ってすぐ左側は紺屋町二丁目だが、あたり一帯は灯りひとつない蔵地だ。反対側も誰やらの築地塀がつづいて、殺風景そのものだ。

すぐに道は四つ辻に出る。向こうへ渡ると右の角地に林がある。確か稲荷堂があった。

宇兵衛がさっさと通り抜けようとしたとき、右手の暗闇から二人の男が飛び出してきて、抜き打ちの一閃をあびせてきた。浪人二人の闇討ちだった。

宇兵衛は、足をもつれさせて転倒した。剣尖は辛うじて躱していた。

「くそッ、なにしやがる！」

すばやく立ち上がりかけたところを、別の浪人が襲った。浪人はかざした刀で突いてきた。宇兵衛の胸を狙ったようだ。

宇兵衛は咄嗟にからだを開いて切っ先を躱したが、よろけて尻餅をついた。刃は左の二の腕を刺した。

宇兵衛は、絶叫していた。

そのとき、

「どうしたッ！　なにがあったッ！」

闇の奥から頼もしげな声が弾けた。

紺屋町二丁目と道ひとつ越えた東側は武家地で、近江《おうみ》仁正寺藩《にしようじはん》の市橋様の上屋敷があり、それを囲んでいかめしい武家屋敷が建ち並んでいる。

当然、武家地の警備にあたる辻番小屋があり、六尺棒を持った辻番がいるはずだった。

激しく疾駆する二人の辻番の喚声と足音で、浪人たちはさっと闇の中に退散した。

宇兵衛はすんでのところで命拾いをした。

半兵衛から知らせをうけた七之介は、三之丞を伴って宇兵衛を訪れた。

いま宇兵衛は、三島町の薪炭商《しんたん》栃木屋《とちぎや》の裏手の小屋に臥《ふ》せっている。

おきくが台所女中として奉公している小間物商の伊吹屋と栃木屋とは、先代からのつき合いとか。

左の二の腕はさいわいたいした深傷《ふかで》ではなかったが、さすがに宇兵衛は気落ちしているという。

さっそく栃木屋のあるじ惣三郎《そうざぶろう》に話して、栃木屋の庭の隅の物置を片づけ、宇兵衛を住まわせるように段取りしたのは、伊吹屋の若主人の信二郎だという。

もうひとつ、宇兵衛を木戸番の番人として常雇いに推挙したのも信二郎だったという。

木戸番はもともと、町内の自警を目的に設けられたもの。だから長屋の家主や地主など、その土地で信頼のおける者が詰めた。

いわば、町内の火の用心から防犯まで、また長屋の連中の喧嘩や揉め事の調停まで扱う。

とりわけ、犯罪に絡む胡散臭い者の動向などについては、奉行所の定町廻り同心と密接な関わりを持つことになる。

となれば、当然、番人役の者もその人間としての質が問われる。

それまでは次郎兵衛長屋に住み、道普請の土工や川浚いの日雇取りなどをして暮らしてきた宇兵衛だったが、一途な生真面目さは近所の者の信望を集めていた。

宇兵衛が木戸番に詰めるようになったのには、もうひとつ、伊吹屋の女中おきくのお陰もあるという。

ほんらい、台所女中でしかないおきくに、なにもできるわけはないのだが、おきくは、来春を待って信二郎と祝言を挙げることになっていると聞いていた。

そのおきくが、しょんぼりする宇兵衛の身の回りの世話をやいていた。

もちろん、あるじの信二郎の許しを得てのことだろうが、宇兵衛の面倒を見るおきくの姿は、老いた父親にやさしくかしずく孝行娘そのものに見える。

おきくは、七之介にくどくどしいほどに礼をのべた。

船寅屋吉十の妾だったという母親しののことや、その後の宇兵衛のことなど、どれほど知っているのか——。

七之介は、あらためておきくのこまやかな立ち居振る舞いを見やった。

宇兵衛は布団の上に正座した。

「おきくさん、ありがとうよ。まだお店の仕事もあるだろうから、早くお戻り。信二郎旦那にくれぐれもよろしくな」

と、諭すように言った。

おきくはお茶の用意し、七厘《しちりん》で沸かした鉄瓶の熱い湯を添えると、伊吹屋に戻った。

例によってこまめな三之丞が「後はわたしがやりましょう」と言って、おきくを店に帰したのだ。

「それにしても、命に障るようなことにならなくて、さいわいだったな」

「へぇ。ありがとうございます」

傷が痛むのか、宇兵衛は顔を歪めて、右の手で左の二の腕をかばうように押さえた。

「傷の手当は、ちゃんとしてるのかい」

「へぇ。伊吹屋の旦那が紹介してくださった内神田の清庵《せいあん》という先生が診てくださいました。この先生は、ずっと幕府の奥医師を務めていたお方で、いまは悠々自適というのでしょうか、特別に出張ってくださったようで」

「ふーん。伊吹屋の旦那というのも、裏のないいい人物らしいな」

「へぇ。おっしゃるとおりの……心根のおやさしお方です」

三之丞は器用な手つきで、おきくが用意していったお茶を淹《い》れて、湯呑みを宇兵衛と七之介の前に置いた。

「恐れ入ります。お武家さまにお茶など淹れていただくなんて……罰があたります」

「罰などあたりはしないが、かといってこんなことは度々あることじゃねぇな。なにしろこの澄川三之丞は、御家人の三男坊……とはいえ、剣の腕は凄い！」

「わたしのことは放っといてください」

「いや、男前はいいし、気立てはいいし……それにだ、いま売れっこの浮世絵師葛飾北斎に、絵師としての将来を嘱望されている男だからな」

「七之介さん、余計なこと言っていないで、肝心なことを話してください」

「おお、そうだな」

七之介はあらためて、宇兵衛に向き合う。

「ところで、とっつぁん」

「へぇ」

「吉次の野郎のことだが、仲蔵たちが追っているが、なかなか尻っぽがつかめねぇようだ」

「もともと、悪賢く小才のきく男でしたから」

「親父吉十の悪い血がそっくり吉次のからだに流れているんだな」

ひとつ、二つ、三つと宇兵衛は息をして、おもむろに口を開いた。

「……奴は昔っから、というより、餓鬼のころから娘っこに悪さをしていました。あっしが知っているだけでも五人の娘が酷《ひで》ぇ目に遭っていて、そのうちのひとりが、新河岸川の深みに身を投げて死んじまったこともありやした。なにしろ、したい放題でしたから、いろいろと……へぇ」

「とっつあんの知らないあれこれもあるということだな」

「へぇ。寺尾河岸にいられなくなったのも、女絡みのいざこざで相手を殺して……江戸に逃げ込んだんです」

「その吉次が、あの畑中五平太に手札をもらっている弥助の手下として、大きな面《つら》してのさばっていたんだから……どうしようもないなぁ」

三之丞がため息まじりに言った。

「そこでなぁ、宇兵衛さん」

珍しく、三之丞がさらに口をはさんだ。

「川越や新河岸川の船着場あたりでさんざん悪事を働いてきた吉次が、このところまた宇兵衛さんにしつこくつきまとうのは、あの今川橋のことがあるからかな？」

七之介が腕組みをして、宇兵衛の顔を凝視している。

「川越や寺尾河岸あたりで山ほどの悪事を働いている吉次が、今川橋でまた、おきくという娘を手込めにするところを宇兵衛さんに邪魔された……ふつうこうなったらたいてい、奴はさっさと姿を消すと思うんだが、むしろしつこく宇兵衛さんにつきまとっているようだ」

三之丞が喋っている間は、七之介は目を軽くつむって黙って聞いている。

宇兵衛の目が泳いでいる。

「妙な勘ぐりをするわけじゃないが、宇兵衛さんよ」

三之丞が、宇兵衛の顔を覗き込むようにして語りかける。

「つまり、伊吹屋と親しい……というより、おきくを通じて伊吹屋の奥と縁の濃い宇兵衛さんを、吉次はなんとか仲間に引きずり込みたい……」

宇兵衛は、びっくりするような息を吐いた。

「もうひとつ、あれこれ手を使って宇兵衛さんに揺さぶりをかけたが、なかなか思うようにいかない。このまま放っとけばどうやら伊吹屋への押し込みの企《くわだ》ても壊れる……」

宇兵衛は、ただうなだれている。

「つまりよ、とっつあん。おまえさんは、吉次に川越だか新河岸川あたりでの、あまりあからさまにできねぇ話の尻っぽをつかまれている、なんてことがあるんじゃねぇのかい」

七之介が切り込むように言った。

どこか遠くで半鐘が鳴っている。風の加減か、ゆっくり鳴るその音は、遠く近く揺らいで聞こえる。さいわい火事はたいしたことはないらしい。

「この際、もし裏話があるんだったら、洗い浚い喋っちまったらどうだい」

七之介の口調は、ずけりと重く鋭い。

「そうだ。こいつも訊いておきてぇと思っていたんだ。あの吉次って野郎は、おきくとは腹違いの兄妹ということを知ってはいねぇんだよな」

「へえ。知らねぇはずです」

「あの今川橋での一件は、たまたま、吉次が悪《わる》の仲間とつるんで襲ったのが、おきくだった……そうだな」

「へえ」

宇兵衛は、また顔を俯けてしまった。

「さて、このほかに話しておくことはねぇのかい」

宇兵衛がゆっくり顔を上げた。

「あの……」

「なんだ」

「……どうやら、あの吉次は、父親吉十が新河岸川に落ちて死んだことを、あっしの仕業と思いはじめているようでして」

「なにかその証しになるようなことを見つけたということか」

「さて、それはわかりませんが」

「それで……この宇兵衛に折にふれて、絡みついてくるんです」

「それで？」

「どうしろと？」

「おまえと親しげにしている伊吹屋のおきくを操れ……ということで」

「押し込み強盗の引き込み役を、おきくにやらせろということだな」

「へい」

七之介も三之丞も黙りこくった。

どこかで火の用心の拍子木《ひょうしぎ》の音がしている。

おきくが伊吹屋の物置から運んできた古びた灯明台《とうみょうだい》の炎が、パチパチと音をたてて頼りなくゆらいでいる。

安い鰯油は不快な臭気も放つ。

「江戸から川越まで……たしか十三里ほどか。さして遠いところではねぇな。その生まれ在所でしでかしたことのあれこれの運命のしがらみが、いまのとっつあんに、しっかり絡みついているようだ」

七之介は、すっかり冷えた茶をごくりと呑んだ。

「三之丞よ、来し方から引きずってきた野暮な荷物はどうやら、そうたやすく片づきそうもねぇなぁ」

三之丞はひとつうなずいてから、すっかりうなだれきっている宇兵衛を見返って、腕組みをした。

鰯油の灯りがまたパチパチと跳ねて明滅した。

# 第四章　過去からの声

## 一

筆頭与力の柏木太左衛門の機嫌がよくない。というより、奉行所内で七之介の顔を見かけると、ジロリと目を剝く。

立場上からいえば、柏木が奉行所に勤める者全員の働きぶりに目を光らせるのは当然である。

御奉行の側近といわれる相良勘吉郎など内務の内与力《ない》はともかく、例繰り方《れいくりかた》、吟味方、牢屋《ろうや》見廻り方、養生所《ようじょうしょ》見廻り方——などなど、ざっと三十余りの担当与力と同心の勤務ぶりをつぶさに、なおかつ執拗に監視の目を光らせる。

しかし、責務を全うするためには、奉行所から外に出向かなければならない者も少なくない。

たとえば、定町廻り同心、隠密廻り同心、七之介の臨時廻り同心など、内務の者とは異なり、その勤務ぶりを柏木がじかに確かめられない職務も多い。

いずれにしても、毎日、出張る目的も場所も異なるこういう仕事の場合、すべてを信用してかかるより致し方ないのだが、柏木はそれができないようだ。ことに、隠密廻りの連中とか、七之介の臨時廻りなどという者は頭から信じられないらしい。

七之介の場合も、柏木としてはしばしば呼びつけて、日ごろの勤務ぶりをつぶさに報告させたいらしいのだが、その機会さえままならぬのがなにより彼には第一の不満なのだ。

なにしろ、御奉行自身が七之介に、影同心として御奉行個人の護衛を命じているのだから。

つまり、御奉行直接の務めとなれば、「すべて極秘です」で、筆頭与力である柏木にさえ報告する責務はないのだ。

それでなくても、町奉行所としての内規や慣習をぬけぬけと逸脱することもしばしばだが、七之介が出した結果には御奉行自身が大満足しているというから、手がつけられない。

しかも、定町廻りなど町の者と直接関わる連中が、商人《あきんど》などと殊更に親しくしていて揉め事や小さな事件などを収めてやり、その礼金を懐にすることなどが習慣化されているし、与力たちはもっぱら武家の裏口から出入りして、同心たちと似たようなことをしているから、筆頭与力としても七之介のような者はジロリと睨みつけるより仕方がないのだ。

とはいえ、このところまた世間の人々を動揺させるような血腥《ちなまぐさ》い事件も続発しているので、さすがの御奉行も苛ついているのは事実だ。

しばしば「与力・同心・総掛り」と声を大にしている。

つまり、内務の吟味方や例繰り方、ふだんなら関係のない籾蔵《もみぐら》掛り、吉原《よしわら》掛りという連中にも檄《げき》がとぶのだ。

——柏木太左衛門がおれのことをどう見ようとどう思おうと、おれの毎日は忙しいのだ。

いずれにしても「葉暮七之介流」に変化はない。

その七之介が珍しく、なんとなく暮れ六つ過ぎまで奉行所の同心部屋にいた。

といって、同輩同僚が親しく「たまには一献いかがかな」と、声をかけてくることもない。

七之介が部屋にいるということは、また御奉行じきじきに奥へ呼びつけられるのだろう——と誰しも思うらしい。

それぞれが仕事の区切りをつけると「お先に」と声をかけて部屋を出て行く。八丁堀の役宅に戻る奉行所の連中は、だいたい帰路がきまっている。

奉行所を出てすぐ、呉服橋で内濠を渡る。いまはその町名のとおり呉服商が多い呉服町を通り、平松町から南へ行って、楓川《もみじがわ》の河岸に出る。

新場橋で対岸に渡り、細川様の屋敷を左に回り込んで抜ければ、そこはもう八丁堀という名で呼ばれる役宅の集合地だ。

七之介は、とりあえず素直に、東を流れる亀島川に近い役宅に戻った。

母ひとり子ひとりという自宅に、七之介は馴れ親しむということがない。

母親幾代は、ふだんの七之介の仕事の内容をまるで理解していない。というより、いくらそれらしく嚙み砕いて説明しても、「なるほど」などとうなずくことはない。

要するに、細かく説明すればするほど「はてさて、それがお役所の仕事とは……はて面妖《めんよう》な」とそっぽを向いてしまうのである。

したがって、七之介の話を天から信じていないのである。

そこでついつい、いつものように「急な用を思い出しました」と、勝手に宣言して、またこそこそと外に出る仕儀となるのだ。

幾代としては、七之介の態度すべてが不満なのだが、かといって奉行所からとりたてのお叱りなどもないので、近ごろはもう「とにかくつつがなくお勤めなされよ」と言って、ほとんどほったらかしだ。

七之介にはそれがありがたい。

ぞろりとした着流しに、深めの笠をかぶった。

町廻りの者は、竜紋《りゅうもん》裏の羽織の裾を内側に端折《はしょ》って帯にはさむ。これを「八丁堀ふうの巻羽織」という。

着物の身幅《みはば》も女幅と等しく狭いのは、外歩きが多いので裾捌《さば》きを楽にするという理由がある。

髷のかたちも、さむらいの正式のものとは異なる。

こまかくいえば生えぎわを見せないよう小鬢《こびん》まで刈り、髷は短くし、刷毛先《はけさき》は散らさずに広げ、小銀杏《こいちょう》細刷毛とする――となにやら面倒に思えるが、つまりそのかたちは、正式なさむらい髷と町人のそれとの中間ということだ。

七之介などにすれば、時と場合によって必要に応じて姿かたちを変えるから、それもこれもさしてこだわることもない。

格別な理由がなくても、気分次第で着る物を変え、笠を着用することも多い。いかにも「八丁堀の役人でござい」といった姿では衆目を集める。が、ぞろりとした着流しに深めの笠で頭と顔を覆うと、とたんに気が楽になるのだ。

ついさっき渡ったばかりの楓川の新場橋を渡り、流れのきわの河岸沿いの道を江戸橋南詰めへ向かって歩く。

青物横丁への道を左に折れると、ちまちました一膳めし屋や居酒屋が軒を並べている。早朝からひと仕事こなした魚市場の男たちで早い時刻から賑わうのである。

黄昏てからの裏通りの小店は、女の質はともかく、酒のついでにべったりとお色気で遊ばせてくれる仕掛けになっている。

楓川の流れの両側は河岸の明け地になっていて、橋の袂に常夜灯がともっている。

日本橋に近い橋は海賊橋《かいぞく》という。かつては橋の向こう側に海賊奉行の屋敷があったからその名が残っているとかだが、七之介には興味のかけらもない。

海賊橋の西詰めをさらに直進すれば江戸橋広小路だが、常夜灯の灯りは頼りなく、日本橋川はうっそりと暗いだけだ。

めざす店の名はひさご。名は小料理屋ふうだが、店の内はその名とはうらはらに野暮そのもの。

女は三、四人いるが、七之介の正体にまるで関心などなく、飲み食いの代金のほかに、三十文でも五十文でも余計に心づけが欲しいために色気で迫る。

今夜の七之介は身分をすっぱり忘れて、行きあたりばったりでいい加減な淫ら遊びにうつつをぬかす気になっていた。

吉原などという派手やかで人目の多い場所では、いくらなんでも気がひける。その点、このへんの女は、岡場所や宿場の飯盛女たちよりももっと裏の裏で暮らしているのだ。その分、勝手気ままな暮らしをしているといえる。

七之介がひさごのある横丁にそそくさと足を踏み入れようとしたとき、常夜灯の下を転がるように走り抜ける男の姿を見た。

若い男だった。そのただならぬ気配に、七之介は足を止め、笠の端を上げて目を凝らした。

男は、そのまま川沿いをこっちに向かって直進する気だったらしいが、思いとどまったのかいきなり足を止め、常夜灯の台座のうしろに身を隠した。

こっちへの川沿いの道は暗がりもあるが、見通しがいい。それで思いとどまったのだろう。

——はてな。きゃつは……吉次じゃねぇか。

七之介があらためて、常夜灯の台座の闇に目を凝らした。

江戸橋を駆け渡ってきたらしい二人の男が、常夜灯の下で足を止めたと。

——へぇ？　畑中五平太と……弥助だ。

弥助が畑中を見返ってなにやら言っている。

その弥助がさっと常夜灯の台座のうしろへ回り込んだ。

間髪を入れず、向こう側から吉次が飛び出してきた。

待ち構えていた畑中が、その吉次に抜き打ちの一閃を放った。

吉次は、まるで軽業師《かるわざし》のような身軽さで横っ跳びして躱した。

「野郎、待ちやがれ！」

弥助が走り寄って吉次に殴りかかる。

吉次はその拳をかい潜って、弥助の鳩尾《みぞおち》に拳を打ち込んだ。弥助がたちまちへたり込んだ。

橋を渡る吉次は、風のように速い。

脚力では自信たっぷりの七之介が、つい「ほう……」と唸っていた。

——あの吉次は、おれが狙っている得物だがな。

吉次は、あっという間に海賊橋を坂本町へと駆け抜けたようだ。

七之介は気配を殺して、二人に近寄った。

畑中が弥助に走り寄って、抱え起こして活を入れた。

「うーん……」

畑中がいまいましげに舌打ちして、立ち上がった。

「……くそ、面目ねぇ」

「とにかく、奴を一刻も早く始末しろ」

「へぇ。そりゃあもう……」

「あいつはな、ただの鼠じゃねぇ。このまま放っとけば、おれもおまえもそうよ、とんでもねぇことになるだろ」

「そりゃあもう、重々承知しておりやす」

この会話はヒソヒソ声である。

しかし、七之介は二人のすぐ背うしろに立っていた。

弥助がひょいと七之介の存在に気づいて、「ひゃ！」という奇妙な声を発した。

「……あ、葉暮どの……」

畑中もあきらかにうろたえた声で言った。

「ちょいと野暮用でそこを通りかかったんだが……あの男をどうするつもりだったのかな」

「あ、あいつはその……」

と、弥助が割って入る。

「おまえの手下の吉次だったな」

弥助が口をもぐもぐさせている。

「畑中さん、あんたはついさっき、とんでもねぇことを口走っていたな」

「それはその……きゃつは……それこそとんでもない悪党でしてね」

「それだったら、おれもあの吉次を生け捕りにして、なにがなんでも吐かせたいことがある。もちろん……奉行所の葉暮七之介としての仕事だけどな」

七之介はすいと動いて、からだの位置をずらした。頼りない常夜灯の仄《ほの》かな灯りだったが、真っすぐに畑中の顔を浮き立たせた。

畑中は大仰に目をしばたたき、顔をしかめた。

「畑中さん、あんたは、あの吉次を勝手に消すつもりだったようだな」

「まさか。なぜわたしが、勝手にあ奴を消すようなことをしなけりゃならないのだ」

「見ていたよ。あんたがきゃつに抜き打ちで斬りつけたのをよ。しかも『あいつを一刻も早く始末しろ』と口走った」

「さてなんのことやら」

「そりゃあ、自分の胸に訊いたらいい。いやさ、おれがじかにこの弥助という男にとっくり訊いてもいいがな」

「葉暮の旦那。なんのことをおっしゃっているのかしらねぇけど、あの悪党の吉次とあっしらに疚しい裏の話があるなんて、冗談じゃねぇですよ」

「疚しい裏の話か……」

「だから、あてずっぽうであれこれ言われたんじゃ困ると言ってるんですよ」

「まぁまぁ、今夜は、これでしまいにしよう。ついあてずっぽうでものを言ってすまなかった。でも近いうちにおれも、あの野郎をひっ捕まえるつもりだ。しっかりと質したいことがあるんでな」

さっさと背を向けた七之介は、ひょいと立ち止まり振り向いた。

「それにしても……いや、もう一度言うが、お二人さんに、先に吉次を始末されちゃあ困るんだけどな。じゃぁ……」

七之介は、ゆったりとした足取りで新場橋へと川沿いを歩いていった。

今夜は、あのひさごの淫ら遊びは断念した。

ふっと月の光が差したが、月の在《あ》りかはわからなかった。

二

「……まったく凄いねぇ旦那。犬も歩けば棒に当たるだなぁ」

「お……おれは犬か」

「そんなこと言ってませんよ」

「いってえ、なんのことだい」

「だから、ちょいと隠れての、酒だ女だののセコイ遊びに出かけても、手ぶらじゃ帰ってこない。それらしい仕事をちゃんとしてるでしょ」

「たまたま、そうなっちまっただけだ」

仲蔵は、なおも言いつのる。

「いや、旦那のやることには、これっぽっちの無駄がねぇ。そうよ、転んでもただじゃあ起きねぇともいうのかな」

「その言い方もピンとこねぇなぁ」

「そんなことはねぇでしょうが」

「それなら言うが、亭主の仲蔵に、朝に晩にあれこれ喧《やかま》しいお初さんの小言と同じだとか……」

「お初の小言が、どうしたんです？」

「だからよ、千にひとつの無駄がねぇということだ」

「そんなたとえ話は聞きたかねぇな」

昼下がりの初音屋の小上がりは、七之介にとってひと息入れる大事な場所だ。

半兵衛の別宅も楽しいところだが、とりあえず戯作者の師匠になっている大田直次郎や、とことん自分本位の北斎もやってくる。

でも北斎の場合は、しばしば若くていい匂いのする茶屋の娘などを連れてきて、せっせと筆を動かすのを見学できることがあるから、これも文句を言うことではない。

そのほか、半兵衛にかしずくおさよという女を眺めているのも快いし……。

いちばん七之介の苦手なのは、八丁堀の役宅に戻って、母親の幾代と二人きりになるときだ。

たいてい幾代は、早々に寝所に入っているが、まだ起きているときには、七之介は心して居住まいを正して「母上、お先に失礼申し上げます。お休みなさいませ」と挨拶して、そそくさと自分の部屋に逃げ込む。

そして「ぐっすり眠るは極楽極楽。浮世の馬鹿は起きて働け」と、念仏のように胸の内でくり返す。すると、いつの間にか眠ってしまう——というのが習わしなのだ。

「それにしても、ねぇ旦那」

「おう」

「どんなに悪賢い狸や狐でも、色っぽい娘なんかに化けてもついつい尻っぽは
そのままなんてことがあるように、どんな悪賢い奴も、表向きにいくら体裁を

つくろっても、とんだところで尻っぽを出してるんですね」

「そういうこった」

「……確かその……海賊橋西詰めで旦那が出くわした場面というのは、とてつもなく臭いですねぇ」

「だろ。あれは悪狸、悪狐の尻っぽみてぇなことだ」

「弥助の手下だった吉次の、とんでもねぇ不始末を旦那に握られて、十両という金を出して揉み消そうとした。それはそれとして、でもねぇ、その吉次を二人がかりで殺《や》ろうとしているとはねぇ」

「畑中自身が『早いとこ吉次を消せ』と、確かに言ったよ」

「しかも、旦那があてずっぽうと断ったうえでカマをかけたことにも、奴ら二人はうろたえた……旦那の深読みのとおり、畑中の旦那と弥助と吉次の間には、もうひとつ裏の関わりがありますよ、やっぱり」

「その肝心の吉次だが、こちとらとしてはなんとしても早いとこ生け捕りにして、あれこれ泥を吐かせたい」

「へえ、あっしも宗八や仙太を追いとばしてやっていますがね」

「兄貴の吉蔵がやっている船問屋喜多屋には、その後、寄りつかねぇかい」

「あっしらが、見張っていたところをあべこべに襲われて……以来、宗八や仙太がしつこく喜多屋にへばりついていやすが、吉次はまるで寄りつかないようで」

「吉次以外の胡散臭い者の出入りは？」

「喜多屋は、船問屋としての荷扱いに関わる男たち……つまり荷船の水夫《かこ》たちを泊める旅籠業も営んでいるんです。で、店の横手の木戸を潜ると、店の裏に泊まり部屋があるらしく、結構出入りする者が多いんですよ」

「出入りする男たちというのは、当然、荷船を操る者だな」

「へえ。でも、西国からの荷船が入ると、一艘で十人や十五人はいるし、二艘の船が入るとその人数も倍になるし……しかも、奴らは堅気の町衆と異なって声はでかいし、ふだんの態度もやたら荒っぽいでしょ」

「だろうな」

「あっしらが張り込んでいて、あげくに酷い目に遭ったあんときには、なにやら人気《ひとけ》もねぇような風景だったんですけどね……」

「ふむ……」

七之介は目をつむって腕を組んでいる。

初音屋の前の通りは、大川沿いの二間幅の道だ。

黄昏てからは、一膳めし屋や居酒屋の軒の赤提灯《ちょうちん》に誘われた男たちが行き来する。

店によっては、小女《こおんな》たちが店前に出て「いらっしゃいまし。寄ってらっしゃいまし」と甘ったるい声で客呼びするから、賑やかだ。

だが、昼間のこの道は人影も少なく、むしろ淋しい。

物売りの声が聞こえている。

甲高くよく響く声で、このあたりではなじみの中年の膏薬《こうやく》売りの売り声だ。

「……ええ、おなじみの膏薬屋でござい。膏薬は、貼れば吸いつく。吸いつけばたちどころに効くという妙薬。からだの痛みや肩の凝りはもとより、たとえば男衆が、へその下にぺたりと貼れば、まずは気持ちがよくなり、そしてなぜだか、あーら不思議やな、周りの女子《おなご》衆までも吸い寄せられてくる……」

七之介もつい耳をそばだてている。

膏薬売りは、着ている物は尻端折りで、脚絆《きゃはん》にわらじ履き。肩に担ぎ棒に黒塗りの箱をくりつけたものを担いでいる。

右手には渋塗りの番傘を持っている。その傘の端にはヒラヒラと短冊のようなものが吊るされている。これは商い物に似せて作った飾り物だ。

膏とは、人間のからだの痛みや傷を治す効能があるという、けものや樹木の実などから採った油のこと。ねっとりと黒ずんだその油を小布《はぎれ》や紙片に塗りつけ、それをぺたりと患部に貼るのだ。

「……聞いたか仲蔵よ。膏薬売りの口上を」

「あの……男衆なら、へその下にペタリと膏薬を貼ると、周りの女子衆が寄ってくるって言ってますけど。いってぇどういう油なんですかね」

「おう。狸か狐の肉を煮詰めた油だろうぜ」

「狸か狐の肉を煮詰めた油ですかい。そうだったかな」

「とにかくペタペタ吸いつく。なにしろごまかしたり化かしたりする妙な効き目があるはずだぜ」

「そうかなぁ」

「そんな内股《うちまた》膏薬を貼らずとも、あっちこっちにペタペタする奴は、世の中にいくらでもいるしな」

「いやだねぇ、まったく！」

「北町奉行所にもいるよな」

「いますねぇ」

「たとえば」

「葉暮七之介っていう奴とか」

と、自分で自分をコケにしている。

「またまた……。あの旦那はね、いい加減な内股膏薬みてぇな男に見えますけど、うわべとはうらはらに中味はまっとうですって」

「そうかな。ごまかされてんじゃねぇかい」

「冗談なしで言いますとね、旦那の前だけど、相良さまとか畑中さまとか……あっしはいやだねぇ……」

「このおれと奴らとは違うかい？」

「いまさらもう……いい加減にしてくださいよ。この仲蔵は、内股膏薬みてぇな野郎につき合うほど、ど阿呆《あほう》じゃありませんからね」

「仲蔵のそういう啖呵《たんか》を聞くと、お世辞でも嬉しくなるよ」

仲蔵は呆れ顔になる。

「なんだか知らねぇけど、いつだって……いつの間にかからかわれてるんだからね。このクセはよくねぇよ、旦那」

七之介は、退屈してくると仲蔵をからかうのだ。

勢いよく店の障子戸が開いて、宗八と仙太が土間に入ってきた。

「親分！　帰りやした！」

宗八の勢いがいい。

「あ、旦那もご一緒でしたか」

「おう。北町奉行所同心としてのおれの仕事は、この仲蔵とおまえさんたちがいなけりゃ二進《にっち》も三進《さっち》もいかねぇんだ。だから初音屋詣《もう》でを欠かすことができねぇんだよ」

さすがに仲蔵がしらけた顔をした。

「旦那はゆうべ呑んだ安酒の悪酔いが残ってんじゃねぇんですかい。それとも楓川の海賊橋の横丁のあやしげな店の女の、淫らな毒っけに当たったたとか」

宗八が大仰に目を丸くした。

「へぇ。葉暮の旦那は、あんなところの女と遊ぶんですかい。なんだったらもうちょっとマシな、浅草阿部川町の……」

「宗八！」

「へい」

「そんなことより、又造の件だ。なにか、面白《おもしれ》ぇことあったか」

「ありやした、親分」

宗八と仙太が異口同音に答えた。

「おっと……その又造ってえのは？」

七之介の台詞に、もう遊びのたるみはない。

「へい。新川の兄貴の喜多屋に寄りつけねぇ吉次は、このところずっと又造を頼って暮らしているようで……」

仲蔵の言葉を遮って七之介が言う。

「深川相川町の海っ端の博奕場で、おまえさんたち三人がまんまと餌食になるところだったが、あのときの仕掛け人が又造だったな」

「へえ。おっしゃるとおりで」

仲蔵は身を縮めている。

「それで？」

「その後の又造を、この宗八と仙太に探らせておりやした」

「うむ」

七之介は目を細めて宗八と仙太を見やる。

「早く言え」

「へえ」

宗八が角張った顔をつるりと撫でた。

「あの又造は、阿呆鳥をやっておりやした」

「又造が阿呆鳥になったのかい」

と、仲蔵が口走り、目をまん丸くしている。

「へぇ。人間がよりにもよって阿呆鳥になどなるのか?」

「いえ、そうじゃなくて、ええとその……」

宗八が口ごもるのを、七之介が代わって答えた。

「さすがの仲蔵もまだ知らなかったかい。阿呆鳥とはな……」

「へえ」

「南のあったけぇ島に棲んでいる阿呆鳥よ」

「そんなことぐれぇ、いつか誰かに聞いたことがありますよ。確か、羽根を広げて空を飛ぶときには、畳一枚分もの大きさになるってんでしょ。そのくらい知ってますよ」

厚い唇を思いっ切り尖らせた。

「だからよ、宗八の言う又造が阿呆鳥をやっているということは、若い女を集めて、その女たちと遊ばせる客をせっせと咥《くわ》え込むことを仕事にしてるってぇことだ」

「もぐりの女郎商売ってことじゃないですか」

「そう。親分も察しが早い」

宗八の相槌《あいづち》の調子がいい。

「宗八!」

仲蔵の声がきつくなった。

「おまえは、命のやりとりをするような場面では苛々するほどとろいくせに、岡場所や怪しげなあいまい宿が絡んだりすると、なぜかしゃっきりするな」

「そ、そんなこたぁありませんよ」

「根っこが助平なんだよ、女が絡まない事件でも腰を据えてやれよ」

七之介はムキになった仲蔵を押しとどめる。

「まぁまぁ、その説教は後にしろ。それより、その阿呆鳥の又造と肝心の吉次はどうなんだ」

うずうずしていた仙太がしゃしゃり出て言った。

「吉次の野郎も、又造と一緒に阿呆鳥をやってましたよ」

「それで、きゃつらの巣くっている場所は？」

「本所は藤代町《ふじしろちょう》で」

「両国橋東詰めからすぐの町だな」

「おっしゃるとおりで。その町の奥の……海っ端の二階建の一軒家です」

「そこに、又造と吉次が住んでるんだな」

「表向きは船宿ふうな造りですが、どうやら二階は小部屋が三つ。下も三つ。そのうちの玄関わきの小部屋は帳場代わりに使ってるようです」

「おい、仙太、いい加減にしろ。おれの喋る番だろ」

仙太は素直に黙った。

「おまえら、どうでもいいが、図に乗って又造や吉次に感づかれなかったろうな」

仲蔵のこのひと言はずしりと重い。

「そ、そんなドジなことはしやせん。だろ、仙太？」

宗八が見返ると、仙太は「へえ」と答えた。

仲蔵はあらためて声を低めて言った。

「だからよ……おまえら図に乗って、又造や吉次に感づかれるようなことはなかったかと言ってるんだ」

「まさか……そんなことはありませんよ」

宗八はむくれている。仙太はそっぽを向いている。

仲蔵が苛ついて「ちっ！」と舌打ちをした。

「さっそく、その藤代町だな、仲蔵」

七之介の問いに仲蔵は「へい」と応じたが、この返事も切れが悪い。

三

本所藤代町はちんまりした町である。

両国橋東詰めの広小路から藤代町へ架かる橋が駒留橋《こまどめ》。この三間ほどの入り堀で広小路の南側は区切られている。西側は滔々《とうとう》たる大川の流れ。そして北側と東側は藤堂様とやらの下屋敷と、二つ三つの武家屋敷の石塀が立ちはだかっている。

四角い町の四辺のうち、南と西は入り堀と大川。陸地の東側と南側は武家地というわけで、通り抜けはできない。いわば袋小路の町なのだ。

もし、東と南の二辺が武家屋敷ではなくて通り抜けができたとしても、じつはその向こう側一帯は広大な幕府の御米蔵が控えていて、所詮行き止まりということだ。

そのせいで町全体の活気がない。見るからにつましい家並みがつづいていて、表通りにも店らしい店は見当たらない。

ときたま見かける者も、年寄りか女か幼い子どもである。

目と鼻の先に江戸でも指折り数えられる賑わいの町、両国広小路がある。にも拘わらず、藤代町の町としてのさびれ具合はきわだって見える。

入り堀一本で区切られた二つの町の様相を、仲蔵はこう言った。

――まるで冬場の、日のあたる眩しい町と、お日さまの眩しさをまるで知らねぇ日陰の町の違いだなぁ。

いま、吉次と又造が根城にしている家は、そんな藤代町のいちばん奥まった場所にあるとか。

もともとは、老いた夫婦が営んでいた船宿だったという。

いまでも「船富」というかすれ文字が見える板きれがぶら下がっている。

この町が行き止まりゆえに、船宿としての商いもうまくいかず、老夫婦は店を売って去った――とは、仲蔵の調べだ。

又造がこの家を買ったのが二年前、船宿の看板はそのままだが、商いの中味は大きく変わった。

もともと船宿だった造りだ。粋だの洒落《しゃれ》っけという雰囲気はないものの、二階建の上下に小部屋が五つと、居間や台所などがある。

又造と吉次が交替でせっせと広小路へ出張って――つまり阿呆鳥役として客を拾ってくる。

相手をする女は、回向院《えこういん》向こうの、竪川《たてかわ》の川沿いの町あたりから呼ぶ素人女――それが売りになっていると、宗八が自慢げに喋った。

宗八は、この種の探りについては得意になってやる。

――もぐりのあいまい宿として文句なしの売り上げがあるようで、又造と吉次は一日おきに店に泊まり、例によって空き番の日はせっせと博奕場にもぐり込んでいること間違いなしでさ。

仲蔵の下拵えは万全のようだ。

――吉次はとにかく、生け捕りにする。奉行所に渡しちまったら、むやみと手間取っていけねぇ。下手《へた》ぁすると、伊吹屋の件が手遅れになるからな。

仲蔵は軽く言った。

――今夜は、吉次が泊まり込む日ですから、さっそくってぇのはどうです?

仲蔵のこういった判断や意見に、七之介が異論を唱えることはない。

――船富を襲うのは、女と客が落ち着く……四つ半刻（午後十一時）がいいと思いやすがね。

七之介に文句はない。

四人は、四半刻（三十分）前に両国橋西詰めの橋番所で落ち合うことにして、いったんは散った。

七之介は、とりあえず奉行所に戻った。

七之介はあえて、忙しげな顔をつくって部屋に足を踏み入れたが、同心部屋はもうガランとしていた。気がついてみると暮れ六つの鐘はとうに聞いていたし、窓の外には薄闇がおりていた。

文机の前には定町廻りの三島圭之進《みしまけいのしん》がひとりいて、七之介の顔を見ると親しげに「やぁ」と手を挙げて迎えた。

「お忙しいようで……ご苦労さまです」

ていねいに頭を下げた。

「まだお帰りではなかったのですか」

仕方なく七之介も、それらしい挨拶をした。

三島は、昨年の秋、同心見習いから一丁前の同心に昇格した。

そういえば、やはり昨年の夏の初めに、この北町奉行所内でとんでもない変事が発生したことがあった。

伊吉という百姓ふうの男が、奉行所内をうろうろしていた。

若党だか小者だかが咎め立てしたところ、その乱暴な対応に怒って揉み合いになった。

取り押さえようとする若党たちの手を逃れた男は、たまたま同心部屋に足を踏み入れ、刀掛けの刀を取って、さらに暴れたのだ。

誰もが、百姓ふうの男が昼日中の奉行所内で刀を振り回すなどということを予想もしていなかった。

男は、姪《めい》である台所女中のおよしを訪ねてきて、どういうわけか門番の目をかすめて奉行所内に侵入したらしいことがわかった。

怒り狂い、目を血走らせて刀を振り回す男を、見習い同心の秋川太三郎と木村駒之助が取り押さえようとして、深傷《ふかで》を負った。

しかもおっ取り刀で駆けつけた同心の鈴木勘次郎と畑中五平太は、気を違《たが》えたように刀を振り回す男に逆に押しまくられ、二人ともだらしなく尻餅をついた――その醜態場面を七之介が救ったことがあった。

御奉行小田切直年は、この不始末に烈火の如く怒った。

つまるところ、伊吉は乱心者として処理され、幕府のお咎めもなくすんだ。

そのとき、騒ぎの渦中にありながら、やみくもに周りをウロウロしているだけだった男が三島である。

七之介にとっては、畑中はもとよりこの三島も眼中にない男なのだ。

――吹けば飛ぶような紙屑《かみくず》みてぇな男だな。

そんな三島が、このところまるで別人のように変わっている。

少しは、定町廻りの役人らしい貫禄を身につけたということかと、七之介は苦笑いしていた。

「いきなりの申し入れ、失礼とは存ずるが」

「きょうこれから、ほんのしばらくでもおつき合い願えないだろうか」

「今宵は、やらなければならぬことがあるのでな」

「いや、薬暮どのにのんびりくつろぐお暇などあろうはずがないことは、十分に承知しております。だからそこ、むしろいきなり申し入れをして、是非とお願いしたほうが……と考えての申し出で、ご無礼お許しください」

「だから今宵は、まだやらねばならない用向きが……というよりのっぴきならぬ仕事があると申しておるのです」

「いえ、お手間はとらせません。半刻（一時間）ほど、是非おつき合いを。是非是非。このとおり」

ぬけぬけと這いつくばっている。

三島という男が定町廻りとして、七之介の予想に反して、すでにいくつかの手柄を立てていることは聞いていた。

浅草今戸《いまど》界隈《かいわい》で放火して歩いていた中年増を捕まえたことや、小石川源覚寺の賽銭《さいせん》箱泥棒をふん縛ったこと。そして、日本橋の銀町観音わきの暗がりで追《おい》剝《はぎ》をくり返していた破落戸《ごろつき》を叩きのめして、奉行所に引き立てたことなどが七之介の耳にも入っていた。

ついでに、この三島が手札を渡している明石町《あかしちょう》の政五郎《まさごろう》という男の名も聞いている。

——なんのことはない、三島圭之進は、明石町の政五郎があべこべに操っている木偶《でく》の坊みてぇなものだろ。

そんなわきの、あれこれの手柄話をふくめても、七之介にとっての三島は、やはりどうでもいい男なのだ。

その木偶の坊といわれる男が、まことしやかな顔で言った。

「ちょっとしたきっかけで、葉暮どのが……吉次とかいう男を気にしてなさると知りまして。その吉次とも関わるお話などさせていただければと思っているのですよ」

七之介は思わず、三島の顔を見直していた。

名前は文句なしに二枚目のものだ。

だが、当人はどう見てもずんぐりむっくりといったからだつきだ。やたら太く濃い眉の下の両目は、ちっこい。

似たような顔といえば、仙太がいる。

しかし仙太の場合は、その顔も立ち姿もすっきり冴えていない分、そこはかとない愛らしさが醸し出されている。が、この三島の場合はあべこべになにやら肚《はら》に一物あるような……そんな不快な臭気を感じてしまう。

「いかがでしょうか。ほんの四半刻でも、お話をしたいのですが」

七之介はつい、周囲を見回した。だだっ広い同心部屋は冷えびえとして薄暗く、同僚同輩の姿はない。

「ご足労ですが、すぐそこの一石橋《いっこくばし》の下の船まで、お運び願えますか」

さっさと立って玄関へと歩き出している。

気乗りするとかしないとかではなく、七之介は立って、三島の後を追った。

奉行所に勤める役人といってもさまざまだが、やはり「奉行所の三廻り」と称される同心たちは花形として注目されている。

定町廻り。隠密廻り。そして臨時廻り。

江戸の町を四筋に分けて、定められた道筋に目を光らせ、日々、市井《しせい》の様子をつぶさに巡察するのが定町廻り。

隠密廻りは、治安維持が主目的で、不良浪人たちの動向をはじめ、風俗取り締まりなど、事件を未然に防ぐために働く。そのためには、相模《さがみ》や下田《しもだ》や房総《ぼうそう》まで出張った。

臨時廻りは、とりあえず多忙な定町廻りの助っ人として出張ることも多いが、定町廻りのように定められた道順を辿《たど》ることはない。

つまり事と次第でどこへでも出かけた。

とりわけ、葉暮七之介のように御奉行直接の命令で動くこともある者は、当然のこと行動は一定ではない。したがって与力たちも、七之介の動きにいちいち口を出さない。

これらの同心たちの守備範囲は職掌上はそれぞれに異なっているようだが、手柄や巧妙を競う同心たちは、実際にはあらかじめの取り決めなど無視した。

すっかり外は黄昏ていた。

先に門の外で待っていた三島は、親しげに七之介にすり寄ってきた。

「その一石橋の下……河岸までご足労を願います。周囲を気にせずにお話をしたいので、船を用意しました」

「先にも申したとおり、絶対五つ半（午後九時）前には辞さねばならぬ。あらかじめご承知おき願いたい」

「心得ました。それで十分お話ができます。ではご案内仕《つかまつ》ります」

いかめしい呉服橋御門を出て、橋を渡る。濠沿いを左へ歩く。

すぐ一石橋がある。濠の水はここから東へと流れ出る。日本橋川という。日本橋の向こうはいわゆる魚河岸だ。

一石橋の名は、橋の架かるそれぞれの両岸に、金座《きんざ》の後藤庄三郎《ごとうしょうざぶろう》と呉服所の後藤縫之助《ぬいのすけ》の屋敷があり、その二つの後藤を「五斗《ごとう》」と読み替えて「五斗と五斗で一石」として、一石橋になったとか。

七之介にすれば、こんな橋の名のいわれなど「くだらねぇ」のひと言で、関心などさらさらない。

その一石橋の下を流れる日本橋川の左岸の北鞘町《きたさやちょう》の河岸ぎわに、屋形船が一艘舫《そうもや》っていた。

屋根船は町人たちが利用するもの。武家の者は四方に障子などをめぐらせて小部屋ふうな造りをほどこした屋形船を使用した。

艫《とも》にいた老船頭が人待ち顔でたばこを吹かしていた。

二人を見ると、さっと腰を上げ、船を太い棹《さお》で支えて揺れを押さえた。

三島は、先に艫に渡り、七之介をいざなう。

胴間への板戸を開けると、中は八畳ほどの広さがあり、ほっかり明るい行灯《あんどん》が灯っている。

「今宵は失礼を承知でお忙しい葉暮どのをお誘いしました。というわけで、料理や女などの用意はありません。せめて酒だけでもと思いまして……」

黒塗りの膳の白布を取ると、湯呑みが二つ、膳の傍《かたわ》らに大徳利がある。

「酒は遠慮する。それより肝心の話を承《うけたまわ》ろう」

七之介はついつい切口上になった。

なにもかも心得ているはずの船頭は、さっさと姿を消したらしい。

夜明け前から賑わう魚河岸のある日本橋川だが、いまは船べりを洗うたぷたぷという水音だけが聞こえている。

四

三島は、慣れた手つきで大徳利を取って酒を注いだ。

「考えてみたら、葉暮どのとこうして差し向かいでゆっくり語り合ったことはござらぬなぁ」

親しさをこめたその笑顔も、七之介にとっては見えすいたつくり顔にしか見えない。

「すまぬが、ゆっくりしておれぬでな」

素っけなく返したが、三島はまるで意に介さぬように、酒を満たした湯呑みを七之介に「ま、どうぞ」とすすめた。

「いや、それにしてもお互いさま、町奉行所の父親の仕事を継いでそのまんま、三百六十五日、気疲れのする毎日でござるなぁ」

町奉行の統率者としての奉行は幕政の都合で交替するが、奉行所の人事は筆頭与力以下、原則として人事の異動はない。

しかし、与力も同心も世襲制ではなく、いずれも抱え席（その都度の新規召し抱え）であった。

だが現実は、父親が在籍中にその嫡男《ちゃくなん》が望めば、世襲同様に扱われた。

父親が同心の場合、嫡男は元服を機会に奉行所に無給の見習いとして詰めることが認められる。

日々の実務を習得すると、やがて同心見習いから正式見習いとなり年額三両が支給された。

さらに、父親の退職にともなっての本勤めになると、それが決まりの三十俵二人扶持《ぶち》に年額二十両という報酬がある。

七之介も三島も似たような経歴だった。

表向きのあれこれについては、お互いに手に取るようにわかっていた。だが、同心という仕事の裏側では、たとえば町の繁盛の商人たちなどから、使用人が関わる醜聞や取引先との揉め事などが生じた場合の相談料として、結構な額の謝礼金が出る。

与力となると相手は商家ではなく武家になるから、この裏の報酬の額もはね上がるはずだ。

つまり、これらの私的謝礼金のやりとりは「公然の秘密」として、堂々とまかり通っているのである。

七之介にしたところで、三島の知らない収入がかなりあるのは事実。

七之介もまた、この男のそっくりなど知る由もない。

幕府という大構えの組織の中にも与力や同心という役職者はいる。が、それらの者は日々の暮らしの金にも困り、傘張り、提灯づくり、はたまた季節の虫を飼い育てたり、つつじなどの花づくりや盆栽づくりで、かつかつ食いつないでいるという。

——その点、おれたち八丁堀の役人は……。

ほんの束の間だが、七之介の思いは横道にそれた。

「いきなり、こんな話を持ち出すのもなんですがね」

濃い眉の下の目が、媚《こ》びるように上目遣いになった。

「つい十日ほど前、富沢町《とみざわちょう》から新乗物町《しんのりものちょう》にかけての一帯を盗みと掻っ払いで荒らし回っている、小六《ころく》という野郎をひっ捕らえましてね」

「………」

富沢町というのは、浜町《はまちょう》川に架かる栄《さかえ》橋の西側の町で、何軒もの古着屋があってのべつ賑わっている。

富沢町の西が長谷川《はせがわ》町、その先が新乗物町で、道は東堀留《ひがしほりとめ》川にぶつかる。とび抜けての大店はないが、富沢町の古着屋のようなこまかい商いで稼ぐ小店が軒を連ねている一帯だ。

「小六という男は、空き巣、掻っ払い、置き引きと、こまめにせっせと悪行を重ねてきて、ここ一年ほどは尻っぽをつかめなかったんです」

七之介はつい「それがどうした？」という顔をした。

「そうそう、同心部屋なんかじゃ声に出して言えないが、御奉行に処刑された鬼坊主清吉の残党を名乗る奴らの仕業はそれこそやりたい放題だが、この小六のしてきたことは、情けねぇほどこまかくケチな仕事でしてね」

「……それで？」

「早いとこ、洗い浚い白状させてしまおうと吟味方の吉川《よしかわ》さんと、あれこれ詰問したんですがね……」

あきらかにもったいをつけている。

「どうせケチなどぶ鼠一匹、与力の井坂《いさか》さんも任せるからとそっぽを向いているし、吉川さんの吟味もいい加減で……」

七之介も「ふんふん」と空返事をしている。が、内心では早く吉次のことを喋りやがれと苛ついていた。

「それで、その……さっき吉次という男の名が出たようだが」

「それですけどね」

まだもったいをつけているようだ。

「この小六という男、ケチな盗人野郎になり下がる前は、船問屋の手代を務めていたというんですよ」

「ふーん。船問屋の手代か」

七之介の目が細められて、キラッと光った。

「船問屋というと、たとえば霊岸島の新川あたりの店かな」

「お察しが早い」

これもどうでもいいお世辞言葉だ。

「その店の名は？」

「もう、ご存じでしょう？」

「いや、三島さんの口から聞きたい」

「喜多屋」

「うむ」

大きくうなずいた七之介の表情を、三島は勁《つよ》い目で見て、にやりとした。

七之介から質問した。

「で、その小六という男だが……」

「つまりあの男は、盗人としてはケチな野郎だが、叩きのめして絞り立てれば、これが思いのほか拾い物でしてね」

三島は「叩きのめして絞り立てれば」と言った。

すべからく犯罪者への扱いは、容赦なく執拗で厳しい。

すべて「自白」によって罪状が決定づけられたからだ。

八代将軍吉宗の命令で成ったという「公事方御定書《くじかたおさだめがき》」は上巻下巻とある。

上巻は、いわば司法警察関係の重要法令集。下巻は「御定書百ヶ条」で、現実対応の判例集といえるか。

この「百ヶ条」には、人殺し、火付け、盗賊、関所破り、そして謀書謀判《ぼうしょぼうはん》（文書偽造）の五種類の罪人には、拷問を許可するとしている。

これらの罪状で捕らえられた者に拷問が実行されるのは、犯罪の事実が明白であるにも拘わらず、犯人である当人がそれを認めようとしない場合とか、共犯者が自白しているのに、知らぬ存ぜぬとさらにシラを切る者に対して行われる――というとりあえずの定めがあった。

拷問の種類として「縛り敲《たたき》」「石抱《いしだき》」「海老責《えびぜ》め」「吊《つ》り責め」など。

これらの責め問いの行為はあたりまえに行われていた。

したがって、

――もし、素直に白状しなければ、そのからだに訊いてみるだけよ。

取り調べに当たる役人は例外なく、この台詞を口にした。

「自白」が引き出せれば一件落着。担当した者の手柄として記録された。

かつての戦国時代では、戦場《いくさば》での勇猛果敢な行動や味方を勝利に導く活躍が、出世栄達への唯一にして最短の手段だった。

戦場という場と縁のなくなった、いまの町奉行所の与力や同心たちには、敵将の首級《しるし》を挙げることも、少数精鋭で敵の大軍を攪乱《かくらん》敗退させる、武勇を轟かせる機会は皆無だ。

もっぱら巷を徘徊《はいかい》し、日常茶飯事というもろもろの事象の中から、お手柄や出世栄達の機会を探し出さねばならない。

――この三島という男は、どうやら出世栄達よりも、……肚の底に欲の塊を隠し持っている。

七之介はあらためて苦々しい思いで、胸の内で呟いた。

というのは、まだ独り身の三島は現在、父親母親と三人暮らしだが、女中として雇っている若い娘を事実上の妾にしているという噂があった。

そんなことは、袖の下めいた裏の金をせっせと掻き集めている何人もの者がやっていて、珍しくもないことだったが。

──そういうおれも、こ奴と同じ穴のむじなだが……。

胡座《あぐら》をかいた三島の右の膝が小きざみに動いている。貧乏ゆすりというやつだ。七之介は日ごろから、この貧乏ゆすりというくせを嫌っている。

「ところで、吉次という男の話だが」

「そうそう。その吉次ですがね……」

屋形船の中である。周りに人の気配はないのに、声をひそめた。

「小六の口から、吉次の名前が出てきたのです。あの男、畑中五平太と岡っ引きの弥助にひっ絡んだ野郎だということ、ご存じでしたか？」

ずばりと訊いてきた。

「……………」

七之介は黙ったまま腕を組んだ。

「どうやら、葉暮どのにも……あの二人、とんでもねぇ尻っぽをつかまれているのじゃないかと思ってましてね」

同心の手札をもらっている岡っ引きと、その手下として動いている下っ引きは何十人といる。

彼らは、外向きには親しく交わることはないが、実際は裏側でつうかあの同種同族なのだ。

彼らには、奉行所からじかに給金や手当てが支給されているわけではない。同心から手札を受けている岡っ引きから、心ばかりの心づけが出るだけだ。なんのことはない、彼らも与力や同心と同様に、町の商家などからあれこれの名目や理由をつけての裏金をせしめている。七之介に言わせれば「どいつもこいつも天から信用などできねぇ奴らよ」なのだ。

「それで、その小六という男は、吉次のことをどう言ってる……？」

「まず、小六は、二年前まで吉次の兄貴の吉蔵がやっている新川の船問屋喜多屋で、手代として働いていた。だが、帳場の金をちょろまかしたのがバレて、叩き出されてます」

「ふむ」

「その後、食うに困ってケチな盗みや空き巣や掻っ払いを、うんざりするほどやらかしてるわけですが」

いちいち七之介の顔色を窺《うかが》うような目つきをする。

「叩けばいくらでも埃《ほこり》が出てくるような野郎なんで、ちょっと鼻ぐすりを嗅《か》がしてやったんですよ。つまり、こたびのおまえの白状の仕方如何《いかん》では、罪を軽くしてやることも……なに、ひょっとして、無罪でお構いなしなんてことにしてやってもいいなんて、まことしやかに吹き込んだんですよ」

　水の流れのせいか、それとも風がでたのか、屋形船全体がゆるやかに揺れている。

「……もちろん、それもこれも、洗い浚い吐かせるための仕掛けですがね。小六はたやすく乗ってきました。その話のとっぱなに、喜多屋のあるじ吉蔵と弟の吉次の兄弟が、船問屋という商売で文句なしの利益をあげているのに、さらにまたその裏で、阿漕《あこぎ》なことをやっていることを喋ったんです」

「で、それは……どんなことを」

「船問屋を利用する荷船の水夫たちが泊まるのが店の裏の別棟ですがね、そこは言ってみれば旅籠のようなもの。ただし通りすがりの旅の者はいない。ほとんどがなじみの者ばかりです。この別棟の一階の奥の部屋が賭場になっていることと、もうひとつ……」

　さらに声を低めた。

「二階の東の角部屋……十畳ほどの部屋は、へへ……なんと盗人たちの集まる隠し部屋になっていると言うんです。それで、吉次はこの部屋を仕切っていたらしいんですが、最近その吉次をつけ狙う岡っ引きどもがいて、ここしばらく、吉次は喜多屋に寄りつかないということです」

「なるほど」

七之介の反応が鈍いと思ったらしく、三島はひとつ大きく舌なめずりをした。

「よくは知りませんが、葉暮どのも、あの喜多屋を探っているとか」

「さてな」

七之介はしれっとそっぽを向いている。

「ではもうひとつ、面白い話をお聞かせしましょうかね」

三島は手酌で酒を注ぎ、喉を鳴らして呑んだ。

「たとえば、畑中と弥助が、もと手下だった吉次を消そうとしている、なんてご存じかな！」

「………」

七之介は、わざと目を見開き驚いた顔をつくった。自分でもあまり上手な芝居だとは思えなかったが、止むを得ない。

七之介は湯呑みに手をつけないが、三島はそんな七之介に構うことなく呑んでいる。

「それじゃあ、こんな話はどうです？　一見生真面目そうな畑中と腰巾着《こしぎんちゃく》の弥助が、じつはずっと以前から手下の吉次を通じて、喜多屋の吉蔵と金でつながっているなんて話は……？」

七之介がじろりと剝いた目を、酒の酔いで赤黒さを増した三島の顔にきっと向けた。

「……あの畑中ってぇ野郎を揺さぶると、懐からポロポロ黄金色の小判がこぼれてくるようですよ。ははは」

ゆるゆると船が揺れて、ぎぎぃ～と鳴った。

# 第五章　勝手斬り御免！

## 一

光があれば影がある。その光の明るさが強ければ強いほど影は暗さを増す。

絵師の北斎はよくこんなことを言っている。

——夜の明けきらぬうちから人が集まり、まるで毎日が祭りのように賑わう町がある。こういう町は、ほかの町の賑わいを横取りしてるのだ。

その北斎の言葉に、大田直次郎は応じる。

——人の幸せというものも、町の賑わいと同じようなものだ。あり余るほどの幸せと暮らす者もいれば、不幸せの波に四苦八苦、泣かされつづけている者もいる。鉄っつあんの言うように、周りの者の幸せを横取りしちまうような輩《やから》がいるのかもしれんなぁ。

このところ七之介は、半兵衛の別宅にちょっと無沙汰《ぶさた》をしている。

相変わらず精力的に絵筆を握っている北斎に、ぴたりとついている三之丞だが、七之介はその三之丞に久しぶりに声をかけた。

「さっぱりお声がかからないので、どうしちまったのかと思ってましたよ」

すっきりとさわやかで、そしてにこやかな三之丞に、ついしかめっ面《つら》になる七之介の表情も和むのである。

武蔵《むさし》の国と下総《しもうさ》の国――二つの国をつなぐ橋だから両国橋という。この橋の浅草柳橋側を両国広小路という。対岸の本所側を人々は、東両国とか向こう両国とよぶ。

両広小路とも、小芝居、軽業《かるわざ》、手妻《てづま》からなにやら怪しげなさまざまな見世物などで、とにかく終日賑わうが、さすがに五つ刻（午後八時）を過ぎると嘘のように人の波は引いてしじまが戻ってくる。

東両国の北の端の入り堀に架かる駒留橋のあたりは、とりわけ闇が濃い。

ぞろりとした着流し姿で笠をかぶった七之介と三之丞がいた。

船宿船富のことを七之介から耳打ちされていた三之丞は、まるで酒の誘いでも受けたかのように、いつものにこやかな顔でやってきた。

待ち合わせ場所は、両国広小路の橋番所前だった。

仲蔵と落ち合う時刻にはまだ少し間があるはずだ。

七之介は、早めに初音屋に寄って「三之丞と話があるので、駒留橋あたりで待っている」と伝えた。

仲蔵は「あ、そうでやすか」と答えただけで、すべて合点したような顔をした。

ともすれば、十分な説明もないままに勝手に動く七之介だ。仲蔵はそんな七之介にひと言の不満も言わない。

七之介の勝手流のやり方に慣れている。というより仲蔵には七之介のやり方の先が読めるということだ。

藤代町に入るには、いずれにしてもこの駒留橋を渡るより道はない。

「……いろいろ、ややこしい糸が絡み合ってるようですね」

橋の中ほどに七之介と三之丞がいた。入り堀の流れの向こうの大川と、さらに向こう岸の柳橋あたりに揺れる灯りを眺めている。

「おう。あの宇兵衛のとっつあんやおきくのことが、どうやらとんでもねぇ野

郎たちとも ひっ絡んでいるようだ」

「とんでもねぇ野郎というのは、いまの世の中、あっちにもこっちにもいるんじゃありませんか」

「そのことよ」

七之介はつい、前後を見回した。もう橋を行き来する者の姿はない。

「いや、まさかということが、この世にはごろごろしてるぜ、三之丞」

「まさかということ……ですか。たとえば？」

「あの……真面目を取ったらガラしか残らねぇような畑中五平太が、弥助という岡っ引きぐるみで悪党たちと金で通じているらしい」

「そうですか」

三之丞の言葉に驚きはまるでない。

「ふーん。びっくりしねぇのかい」

「別に、わたしと奴はじかに関わりはありませんし、もともと虫が好かない男でした」

笠の内の七之介の顔が満足げに微笑した。

「畑中と弥助が、吉次を闇討ちしようと躍起になっていることを七之介さんから聞いたとき、なるほどなぁと思いましたから」

「まだある。三島圭之進だが」

「ああ、あの男……も、よくは知りませんが、嫌いだなぁ。これもまた、わたしにはどっちでもいいことですけども」

「あの男がよ、きょうの宵の口に、こそこそ言い寄ってきてな。日本橋川の一石橋下に舫ってあった屋形船によばれた」

「それを聞いただけで、おおざっぱな話の中身というか……いえ、欲に絡んだとんでもない裏話だったのではと、つい先走って考えますけどね」

「さすが三之丞だ」

「だって、これって一足す一は二みたいな材料でしょう」

「まぁな。奴の話では、おれがずっと胡散臭いと思っていた新川の喜多屋という船問屋……」

「喜多屋は、吉次の兄貴の吉蔵がやってるんでしたよね」

「あの店の裏手にある別棟が、盗人《ぬすっと》宿になっているのは間違いないらしい」

「これは余計なことでしょうけど、早いとこその盗人の巣を潰さないと、伊吹屋さんが危ないんじゃないですか」

「そういうこった。吉次が宇兵衛の周りをだいぶウロウロしていたが、このところ仲蔵たちが喜多屋を見張っているので、吉次は喜多屋に現われなかったのだ」

「でも今夜、船宿船富で、その吉次をひっ捕まえられる……」

「悪党は悪党同士……お互い食いっぱぐれがないように、こまめに助け合っているというわけだ」

「なるほどねぇ」

「あとは新川の喜多屋。久々に御奉行に出張ってもらって、一気に叩き潰してもらえばいい」

「もうひとつ余計なことを言うようですけど、早くしないと、伊吹屋さんというより、宇兵衛やおきくも泣きを見るんじゃないんですか」

「おう。今夜ここで吉次の野郎をひっ捕まえたらドロを吐かせる。そして、明日にでもさっそく喜多屋といった段取りだな」

そのとき、ガタガタと荒っぽく橋板を踏み鳴らしてくる足音がした。

藤代町側から前のめりで駆けてきたのは、仲蔵だった。

――なんで仲蔵が、向こうから橋を渡ってくるのだ？

あたりまえなら、仲蔵は両国東詰めからくるはずなのだ。

「どうした、仲蔵」

七之介は待ち構えるようにして訊いた。

息せき切って走ってきた仲蔵は立ち止まると、なんとか唾を呑み込んで、それでも三之丞に目礼した。

「……出過ぎたことをしちゃあいけねぇとは思っていたんですが、今夜の船富のことが気になって、ちょいと早めに探りに行ったんですが……」

「どうした？」

「なんと、もぬけのからでした」

「誰もいねぇということか」

「へぇ。一階にも二階にも灯りはともってはいたんですが、まるで人のいる気配がねぇ。いくら雨戸を立て回していても、女がいるはず。そして女と遊ぶための男がいる……。なにしろ一階と二階で五つの小部屋があるわけだし、まるで人の出入りがねぇというのも妙だったのでね」

「あらためて訊くが、人っこひとりいねぇということだな」

「へぇ。そのくせ、もっともらしく、一階の雨戸の隙間や二階の窓障子には行灯の灯が揺れて映っていたんです……」

「それで」

「油障子を蹴破って中へ入りやした。一階の帳場にしていた部屋あたりには、確かに人がいた気配もありやしたが、後の部屋には猫一匹いませんでした」

「まぬけな話だ」

「それにしても、吉次や又造がとんずらするには、所詮この橋を通る……と思い込んでいたんですが……」

「もともと、あの家は船宿だったろ」

「それを思い出して、裏口へ回りました。もちろん裏口は川っぺりですがね。案の定、そこには粗末だけど桟橋がありやした」

「ふーん。とんずらするための船を用意してたってことか。ということは、おれたちは、奴らにまんまと裏をかかれていたわけだ。そうよ、とことんからかわれているということだな」

「すいやせん！　なんとも申し開きようもございやせん」

七之介は唇をへの字に結んで、左手で顎をこすっている。

「この間のよ……深川相川町の賭場の件といい、今夜のことといい、仲蔵らしくねぇ茶番を演じているな、おい」

「まったく、面目ねぇ」

「面目ねぇのは、この葉暮七之介も同じだよ」

「ほんとに、面目ねぇ」

深々と頭を下げている。

黙して語らずだった三之丞は、ため息をひとつ吐《つ》いた。

両国東詰め側の常夜灯のきわをせかせかと通り過ぎて、橋を渡ってくる者がいる。

宗八だ。

橋の真ん中あたりに三人の人影を見つけて、たたらを踏んで止まった。

「宗八」

「あ、親分」

「で、仙太は？」

「とんでもねぇことになりやした」

「なんだ」

「仙太が、豊海《とよみ》橋の橋げたに水ぶくれの死体で引っかかってたというんです」

「えッ！」

仲蔵が絶句した。

「日が暮れてからすぐのことだというんですが、仙太の兄貴夫婦がやっている船宿の船頭が、ご贔屓《ひいき》の干物問屋の旦那に頼まれた屋根船で向こう岸の佐賀町まで迎えに行く途中、なんとも哀れな仙太の姿を見つけたそうで」

「まさか、ただの土左衛門《どざえもん》じゃあるめぇ」

と、仲蔵は嘆息した。

「匕首で胸を刺されて……それから川へ放り込まれたようで」

七之介が詰問するような鋭い声で言った。

「八丁堀から誰がきたんだ」

「三島の旦那がきていたと聞きやした」

「三島圭之進が……」

一杯機嫌の大工らしい若いのが三人、あたりはばからぬ声で女の話をしながら橋を渡ってくる。

銀猫《ぎんねこ》だの金猫だの、はたまた回向院裏だの、大徳院の門前町がいいだとかの話に、何人かの女の名前がまじっている。

銀猫も金猫も、回向院や背うしろの大徳院あたりのあいまい宿の隠れ売女のことだ。銀猫は銀二朱《にしゅ》で遊べる女。金猫は金一分《いちぶ》というわけだ。

七之介が三人に口早に言った。

「ここは通行人の邪魔になる。東詰めへ戻ろう」

頭の笠の位置を直すと、さっさと歩き出した。

三之丞、仲蔵、宗八とつづく。

酔っぱらい三人は、相変わらず助平話に夢中になりながら、もつれ合うようにやってきた。

三人の中の一番ののっぽが、先を歩く七之介の二本差しを見たらしい。仲間二人に慌てて耳打ちした。

三人が橋の欄干のきわに神妙に身を寄せた。

さっさと歩く七之介は、もう橋を渡り切り、常夜灯の下を通り過ぎた。広場に人影はない。

「……旦那」

「うむ」

「この御用繁多の折に限って、またとんでもねぇことを持ち込むようなことになって……」

「それより、なぁ、仲蔵よ」

「へい」

「なにごとにも取りこぼしのねぇおまえさんにも、このところあれこれチョンボがあるようだな」

「へぇ。考えてみりゃあ、相川町の賭場の吉次をひっ捕まえにいったとき……新川の喜多屋でやっぱり吉次を狙っていたときも、無様なたんから芝居みてぇなことをやらかしやした」

七之介がふと立ち止まって、まともに仲蔵にからだを向けた。

「これはおれの勝手な言い草だかな、仙太もよ、ひょっとしたら金で蹴っつまずいたんじゃねぇかと思ってよ」

「へ？　仙太が……金で……？」

目をしばしばさせた仲蔵のいかつい顔が、常夜灯の頼りない灯りを映している。

「そう言ってはなんだが、取りこぼしのねぇはずの仲蔵さんの仕事が、このところまるでだらしがねぇだろうが」

「……」

「つまり、ごみのような端金《はしたがね》のために、とんでもねぇ道に迷い込んでいるような奴が、おれの周りにウヨウヨしてるようでな」

「へぇ」

仲蔵が、まじまじと七之介の顔を見返している。

「ほう！」

「え？」

「そういうあんたも、偉そうなこと言えたもんじゃゃんねぇ、という顔をしている」

「そ、そんな……そりゃあ、ないですよ、旦那！」

いつの間にか三之丞は先に歩いている。

「それより、このへんで旦那にひと暴れというか、ひと仕事していただかねぇと、なにかが手遅れになるような気がしてるんですよ……ね、旦那！」

仲蔵があたふたと七之介を追った。

宗八が取り残されていた。

「それにしても……仙太の奴になにがあったのだ……」

左手の居酒屋から酔っ払いが三人ばかり出てきて、勝手なことを喚いている。

## 二

宵の口から風が強くなった。

いま宇兵衛が寝起きする小屋は、三島町の薪炭商栃木屋の裏庭の隅っこにある。

気まぐれで荒っぽい風が小屋を叩き潰そうとするかのように吹く。

生暖かく感じる風だが、和みや優しさはさらさらない。むしろ凶暴でさえある。これで雨でも加われば嵐になる。

季節の変わり目の荒天なのだろう。

もともとが物置小屋である。粗末な造りは止むを得ない。

強い風が吹きつければ、ゆさゆさと揺れ、ぎしぎしと呻き声をあげる。

宇兵衛は、ぼろ布団にくるまって眠っている。

正体の知れぬ浪人者らしき二人に襲われたが、場所が武家地に近く騒ぎを聞きつけた辻番が駆けつけてくれて、宇兵衛は救われた。

斬られた腕の傷は浅かったが、「あの刃は心の臓を狙ってきた」という思いがある。命を狙われているという恐怖心は心の深傷《ふかで》になった。

深夜、おのれの呻き声で目が覚めることがあった。その呻き声は、強い風が小屋を揺さぶる音とまぜこぜになって、宇兵衛の眠りを妨げた。

相変わらず勝手放題に走り回る風のせいで雲が吹き払われ、今夜は月の光が冴えている。

また一陣の風が小屋を叩いた。小屋全体が重い呻き声を発した。

その騒音に乗じて、表戸が開けられて、二人の男が難なく土間に足を踏み入れていた。

正面の板間は四畳半ほどで、ぼろ布団にくるまって眠っているのが宇兵衛だろう。

土間は広く、右手の板壁に寄せて筵《むしろ》などが山積みになっている。節目だらけの板壁には、雨天の日に身にまとう幾組かの蓑《みの》や笠が掛かっている。薪《まき》の束や炭俵を運ぶ人夫たちが使う物なのだろう。

粗っぽい板の隙間から差し込んでくる月の光で、小屋の中は薄明るい。

二人の男は惑うことなく土間を突っ切り、土足のまま板間に上がる。

声を低めて言った。

「おい、宇兵衛、起きろ」

男のひとりが、掻い巻きを剝《は》ぎ、枕を蹴った。

宇兵衛はゆっくり半身を起こし、男たちを見た。

「あ……。おめぇは吉次……」

男のひとりは吉次。もうひとりは又造だった。

「大きな声を出すな」

又造が匕首を、宇兵衛の首根に当てた。

「この匕首を一、二寸ばかりクイと引けば、とっつあんの首から血しぶきが噴いて、それでなにもかもがおしまいになるんだ。そのつもりでな」

又造のヒソヒソ声に宇兵衛が息を詰める。

「なぁ、とっつあんよ。いや、宇兵衛よ。あれこれと手間をとらせるじゃねぇか、おい」

吉次が顔を突き出す。

「いろいろ挨拶はさせてもらったが、さっぱり色よい返事がねぇ。それがまず、気に入らねぇ」

宇兵衛は、目前にある吉次の顔を睨みつけている。

「早いとこ、おれの言うとおりにしねぇと、何度も怖い思いをしなくちゃならねぇ……どころか、命そのものが縮み上がるようなことにもなる」

真正面の吉次の顔から、宇兵衛は目をそむけた。

「吉次よ。おめぇはこのおれに、なにをどうしろと言ってるんだけっか」

「けッ！　この野郎、いまさらなにをほざきやがる」

「いやな、おれはこのところ、身の回りのあれこれのことをやたら忘れるのでな。そうよ、夕べ……なにを食ったかとか、どんなことをして過ごしたかも思い出せねぇんだよ。自分でも情けねぇと……首をくりたくなるよ」

「なにを言ってやがる。てめぇ、このところコソコソ動いて、妙な細工をしてるんじゃねぇか」

「妙な細工とは、なんのことだい」

「しらばっくれるな！」

「だから、それもこれもとんと思い出せねぇということだわ」

「嘘だ」

「嘘じゃねぇ。急にボケがきたんじゃねぇかと、途方にくれてるんだ」

「おめぇはな、あの葉暮七之介という八丁堀野郎とコソコソ会っているだろうが」

「だ、誰だ。そのはぐれ……七之介とは……？」

「ふざけんじゃねぇ」

「だからよ、嘘ついたりふざけているんなら、間違っても首をくりたくなるなんて言いはしねぇ。おれはこのところいきなり、ボケじじいになっちまったんだよ」

「ようし。それならそれでいいだろ。でもな、さっきはひと目で、このおれの名を言ったろうが」

「おお、おまえさんは……吉次ってぇ名だった。で、おれとどんな関わりがあるお人だ？」

「くそッ！　いいか、宇兵衛よ、てめぇとおれの生まれ在所は武州川越だろ」

「はぁ……武州川越か」

「新河岸川の寺尾河岸を忘れやしめぇ」

「ええと……」

宇兵衛は目を泳がせている。

「この野郎……」

吉次はさらに苛立っている。

「おめぇは、その寺尾河岸で、伊十郎という御用聞きの下っ引きを務めていたろ！」

「………」

あいまいに首を振る宇兵衛だ。

「それでだ。よく聞いて、思い出せ！　船寅屋の吉十という男を、夜の闇に乗じて川に突き落としておぼれ死にさせたんだ」

「へぇ」

「へぇじゃねぇ。あれこれ調べて、てめぇの仕業ということを突き止めているんだ」

「なんのことだろうな」

「くそッ！　だから、おめぇは川越の……寺尾河岸でのことは……」

吉次は熱《いき》り立つ。

又造が口をはさんだ。

「それより吉次、肝心のことを話せ」

又造は「むやみに熱くなるな」と吉次を抑えて、あらためて宇兵衛を凝視してから、ずけりと言った。

「この期《ご》に及んでおれたちをおちょくったりしていると、取り返しのつかねぇことになるんだぞ。そうよ、当のおまえさんもよ」

「困ったなぁ」

宇兵衛の声はむしろのんびりしている。

「武州川越だの新河岸川だの……なんだって？　寺尾河岸って……どこだ？」

「てめぇ、ぶっ殺すぞ！」

「吉次、声がでかい。このじじいのボケがほんとか嘘かしらねぇが、もう一度ここで、伊吹屋のことを言い聞かせろ。そのことだけ、きちんとやらせりゃ、後のことはどうでもいいだろ」

又造の言葉に、苛ついている吉次が仕方なくうなずく。

「おい、宇兵衛。あらためて言うが、これだけは言うとおりにやれ。いいか」

「なんだい」

「おめぇが面倒を見てきた、あのおきくだがな」

「ああ、おきくか……」

「ちょっとひと仕事してくれればいいということだ」

「そのひと仕事というのは、どんなことだい」

「つまりその……おれが、この日のこの時刻と言うから、間違いなく伊吹屋の内側から、ちょいと戸を開けてくれればいいということだ」

「それって、どういうことだい？」

「くそッ！　このじじい……」

言い寄る吉次を又造が押しとどめる。

「宇兵衛よ。とぼけているんだったらもういい加減にしとくがいいぜ」

「だ、か、ら！　おれはとぼけてねぇ。とことんのところ、いま聞いたことも、あれよあれよという間に霞《かす》んでいっちまうんだ……。すまねぇが、ええと……あんた誰だっけか？」

「この野郎！」

拳を振り上げる吉次を又造が押しとどめた。

「吉次、もう一度、ゆっくりじじいの耳元で、肝心なことだけ言ってきかせろ。さ、早く」

吉次はひとつ大きく唾を呑み込んだ。

「おれがな、この日この時刻と言うから、伊吹屋の内側から戸を開けてくれということだ」

「ふーん」

「ふーんじゃねぇ。そのことをおきくに伝えて、ちゃんとやらせるんだ」

「わかった。で、その……この日この時刻というのは、いつのことだ」

吉次が又造を振り返った。

又造は「言え」と顎をしゃくった。

「よく聞け。三月の十三日……五日後の三月十三日の九つ半（午前一時）……裏口の木戸と台所口を内側から開けとくんだ」

「ふん」

「ふんじゃねぇ。くり返し言ってみろ」

「三月十三日の……九つ半に、伊吹屋の裏口の木戸と……ええとそれから、台所口を内側から開けとく……」

「そうだ。そのことをおきくにやらせろ。もちろん、誰にも気づかれずにだ」

「えれぇこったな」

「ちゃんとやればおきくもおめぇも無事だということだ。忘れるな」

「ええと……吉次よ」

「なんだ！」

「いま言ったこと、もういっぺん言ってくれ！」

「このくそじじいめ！」

宇兵衛に殴りかかろうとする吉次。

宇兵衛の首に押し当てていた匕首を引っ込めて、又造が左手で吉次の拳をつかんで押さえた。

「余計なことをするな、吉次」

吉次は歯を剥きながらなんとか自制した。

その瞬間、それまでノロノロしていた宇兵衛が、ぼろ布団の上から土間へとすっ飛ぶように転げ動いた。

「野郎ッ！」

吉次が怒声を放った。

又造が慌てて宇兵衛を捕まえようと板間に大きく踏み込む。

と。

板壁に掛かっていた笠や蓑が勢いよく取っ払われて、七之介が板間に躍り込んだ。

すらりと愛刀二尺三寸を引き抜くと、まず宇兵衛に襲いかかろうとする又造の首のあたりを斬撃した。

「ぎゃッ！」

のけぞり倒れた。

そのまま身を起こすことなく、苦しげに横たわっている。

「とりあえず峰打ちだ。そこを動くな」

七之介が命じずとも、又造は一寸たりとも動くことができないようだ。

吉次は、突然の異変に仰天して居竦《いすく》み、薄闇の奥を凝視した。

「あ……七之介……」

あたふたと立ち上がりはしたものの、宇兵衛がくるまっていた布団に足をとられて、土間に転げ落ちた。

土間を這いずって逃げる。

「吉次！」

又造が怒鳴った。

吉次が立ち止まり、振り向いた。細っこい顔の目が炯《ひか》った。

又造が、その吉次に匕首を投げた。

薄闇を直線に飛ぶ匕首の柄を、吉次は巧みに叩いて落とした。

さっと拾い上げる。

——さすが、刃物を扱い慣れている奴らだ。器用なことをやるぜ。

つい七之介は、余計な感心をした。

匕首を握って身構えた吉次の姿からは、それまでのうろたえぶりが消えていた。

「吉次、それじゃあ、これから冥土《めいど》へ行くか」

「う、うるせぇ！」

「どのみち、仲間だった畑中五平太や弥助に裏切られたんだものな」

「あいつらは穢ねぇ」

「悪党が仲間割れすると、底なしの泥仕合になるらしいか。近いうちにきゃつらも冥土へ送るから、ゆっくり内輪揉めするがいいや」

「そういう葉暮七之介も、ろくでもねぇ野郎だろうが。同じ地獄行きだ」

「おお、おれは、おまえらと目くそ鼻くその仲だよ」

吉次が、ゆっくりと匕首を振りかざした。

「死ねぇッ！」

背後の又造が絶叫した。

死人《しびと》のようにくたばっていたはずの又造が、背後から渾身の体当たりをしてきた。

七之介のからだは、又造の衝撃を食らう一瞬前に、板間を蹴って跳んでいた。

「とうッ！」

七之介が大上段から愛刀二尺三寸を斬りおろした。

「ぎゃッ！」

「こんどは峰打ちじゃねぇ。そのまま冥土に行け！」

血だるまの又造がきりきり舞いして土間に這いつくばった。

吉次が、荒い息をして両手《もろて》で匕首を構えていた。

「吉次よ。おまえもずいぶん勝手なことをやってきたけどな。このおれも勝手野郎だ。さっさとあの世に行ってもらうぜ」

吉次がいきなり身をひるがえすと、土間を走った。

「吉次！」

大上段から振り下ろした二尺三寸が、首から背を斬り裂いた。

一瞬にして血だるまになった吉次が、又造と同じようにきりきり舞いをして板戸にぶち当たった。

風が吹いた。

あちこちの隙間からもれてくる月の光がチラチラ揺らめく。

土間の隅に七之介が声をかける。

「宇兵衛よ」

震え声が返ってきた。

「……へ……へい」

「ボケじじいの芝居は、なかなかだったぜ」

「へ……へい」

「この吉次という野郎は、伊吹屋のおきくと腹違いの兄妹だったことを、知らずに死んだ……それでよかったんだろうな」

「おきくにしても、あの今川橋の下で襲ってきた三人の悪《わる》のひとりが、腹違いとはいえ、父親が同じ兄妹だったなんて……金輪際、知らないほうがいいと思っておりやす」

宇兵衛は、まっすぐに七之介の顔を見て言った。

「ここの後片づけと栃木屋さんへの挨拶は、おれが引き受けるからな。この際、川越へ戻ったらどうだい、とっつあん」

「へえ」

「誰か頼れる者があったら、さっさとこの江戸から出るがいい」

「ありがとうございやす」

「おきくさんと伊吹屋さんのことは、きっとうまくいくよ」

「ありがとうございやす……ありがとうございやす……」

宇兵衛が男泣きしながら這いつくばっている。

ひとしきり強い風が吹いた。

小屋全体が軋みを発した。

## 三

七之介は翌日、筆頭与力の柏木太左衛門にじきじきの面会を求め、昨夜の一件の成り行きを包み隠すことなく報告した。

もちろん、奉行所同心としては、捕り物に当たっては被疑者たる者をやみくもに斬り捨てることは禁じられているから「抵抗が激しく、止むを得ず斬ることに相成り……」とつけ加えることを忘れなかった。

ともすれば、葉暮七之介という男が筆頭与力である自分を軽んじて、御奉行とじかに接するのをずっと不快に思っていた柏木は、こたびの七之介の対応をことさらに快く感じたようだ。

しかも、七之介が斬り捨てたという吉次と又造という悪党二人の名は、すでに三島圭之進から聞いていたらしく「ほう。それはお手柄だ」とさえ言った。

――喜多屋の内情については、すでに三島が得意げに、この柏木に吹聴しているだろうな。

それまで三島という男をことさらに嫌うなどということはなかったが、あの屋形船に呼び込まれたときのいきさつから、七之介は「あいつも虫が好かねぇ」と烙印《らくいん》を捺《お》したのだ。

――たまたま、掻っ払いとか置き引きで捕まえたケチな小六という男を、しつこく叩いて絞って吐かせたネタをまことしやかに並べ換え、自分の手柄とばかりに具申しているだけじゃねぇか。

七之介は、仕方なく苦笑いする。

新川の喜多屋についてはすでに、七之介としても仲蔵に執拗に探りを入れさせていたが、どうやら三島にまんまと先を越されたということだ。

もちろん七之介としては、三島と功を競うようなことは絶対するつもりはない。

――とりあえずは、宇兵衛やおきくに絡んだ吉次と又造を始末したのだから、ひとまず安心だ。

後は、吉次が口走った三月十三日とやら以前に、三島が出張って行って新川の喜多屋を叩き潰してくれれば、伊吹屋は安泰ということだ。


いつの間にか、桜の季節になっていた。

七之介の日々はなんとも目まぐるしい。

例によって、諸般の事情などを無視した御奉行の命令で、七之介は道灌山《どうかんやま》にいた。

というのも、御奉行の家族が花見を催すので供をしろと言われたからだ。

奥方の有紀乃、お香代とお知香の娘二人に女中二人――それに吾助という台所働きの爺さんと若い衆がついてきたが、確かにこの一行、しなしなと品のい い女ばかりが目立って、不用心ではある。

桜の名所として人気の上野のお山や隅田堤や飛鳥《あすか》山などでは、酒の酔いを借りて女を追い回す不埒《ふらち》な男も多い。

そんなことを考えてか、一行は日暮里村のはずれ与楽寺の東にある小高い丘、道灌山を選んだらしい。

道灌山は、秋の虫の音色を楽しむ雅趣の味わえる場所として有名だが、花見客の姿は少ない。

その代わり、眼下の平地に咲く桜の花の絢爛《けんらん》たる広がりを満喫することができる。

同時に、晴れれば遠くは日光あたりの山や筑波山まで、さらに下総国なども望める。近くは千住から三河島、尾久、巣鴨までの景観に目を見張る思いを味わえる。

さいわい、染井吉野とかの桜の樹もほどほどにあった。

ぜいたく駕籠ともいわれる宝泉寺《ほうせんじ》駕籠三梃《ちょう》には、有紀乃、お香代、お知香が乗った。

吾助と若い衆がしつらえた緋毛氈《ひもうせん》の上で、持参のお重の料理などをつまんで楽しげにさざめいている。

七之介は、その緋毛氈の後方三間ばかりの場所に茣蓙《ござ》を敷いて座っている。

二人の女中はおまきとおその。おまきは有紀乃らの面倒を見ていて、おそのは七之介たちの世話をやいている。

七之介の手元には、とりあえず五合徳利が置かれている。

吾助がしかつめらしい顔で囁く。

「お知香お嬢さまが、とくに葉暮さまのためにご用意くださいました……」

七之介にしてみれば、いい加減に扱えない女三人がいる。

ほかの桜の名所とは異なり、押し合いへし合いするような混雑もないし、無作法な酔漢に絡まれる心配もなさそうである。

かといって、勝手気ままに酒を食らってのほろ酔い気分で、眼下の春景色を浮きうきと眺めるわけにもいかない。

——蛇の生殺しとはこのことだ。

きょうの七之介の身なりは「八丁堀の旦那」ではない。髷も着ている物もあえて町人ふうな拵《こしら》えにした。

髷は水谷町のなじみの髪結店藤八床《かみゆいだな》に寄ってまとめてもらった。着る物は役目柄、手早くそれらしい物を選んで身にまとうのに手間はかからない。

七之介は座りくたびれて立ち、丘の出端へと足を運んだ。

ちょっと南寄りの眼下に、つい先日、錺職人の娘のおとみのために三之丞と出張った根岸の里が見える。

——正月、節分……と過ぎてから、あれやこれやと忙しい毎日だったなぁ。

薄桃色の桜の花が心を和ませる。

しかし、七之介は同じ桜の花でもひしめきあうように咲き群れる花は、あまり好きではない。

いま眼下に見える田端《たばた》村や西尾久村のあちこちに点在する桜花には、のんびりした風情がある。

それは、本格の春を迎えた広々とした田や畑との取り合わせにあるのでは……と、ふだんの七之介には似つかわしくない思いにとらわれたりもした。

——それにしても人間ってぇ生き物は、あれこれ欲の皮を突っ張らせて、ワサワサとひしめき合って巷で蠢いているが、木や草や花や田畑の作物には、卑しさや浅ましさはない。

めいっぱい伸びをして、大きく深い息をした。

「……七之介さま」

思いもかけなかった声だった。お知香だ。

「あ、お嬢さん」

「また、そんな呼び方をする」

「でも、母上も姉上もいらっしゃるんですよ」

「ふふふ」

お知香は、着物の袂で七之介を打つような仕草をして、ふくみ笑いをした。

そんなときのお知香は妙に色っぽい。

「こ、困ります。母上や姉上が見たら……勘違いするでしょうが」

オロオロする七之介をじっと眺めていたお知香が、真面目顔で言った。

「やっぱりわたし、七之介さまがいい」

「だからその……勝手なことを口走っては困るのですよ」

七之介が声を低めて口早に言った。

そのとき――。

「……さぁ、ここを立ち去りませ！　迷惑です！」

吾助の尖った声がはじけた。

「このお方たちは……そんじょそこらの長屋の者ではございませんよ」

緋毛氈の上に這い上がっていた職人ふうの若い男が、お香代に伸ばしかけていた手を引っ込めて、せせら笑いで言った。

「そうよ。そんじょそこらの長屋の女には見えねぇさ。だから、ちょいと触らしてもらいてぇんだよ」

仲間二人がいた。明らかに三人とも酒に酔っている。

母親の有紀乃がきっと構えて言った。

「無礼を働くと、許しませぬ！」

「へぇ。偉そうにほざくぜ、この婆さん」

仲間の二人も大声でワイワイ囃《はや》し立てた。

七之介が足早に立ち戻ってきた。

緋毛氈の上に這い上がっていた男の衿髪をつかんで、力まかせに引きずり立たせる。

「く……苦しいやい、野郎！」

吠える男の鳩尾《みぞおち》に拳をぶち込んだ。

「ぐへ！」

と呻いて、たちまちへたり込んだ。

二人の仲間が、七之介に躍りかかった。

ひとりが股ぐらを握り潰されて飛び上がり、どう！　と尻をついた。

もうひとりの男は、両眼に突きをくらって、泣き声のような悲鳴をあげウロウロしている。

七之介は吾助と若い衆に命じた。

「この三人をその崖の上から突き落とす。手伝ってくれ」

七之介は吾助と若い衆を指揮して、必死に抗《あらが》う酔っ払い三人を崖の端まで拉《ら》致《ち》した。

「後はおれがやるよ」

そう言って、それでも逃げようとする三人を、順ぐりに捕まえて突き飛ばして崖下に落とした。

その成り行きの一部始終を目を見開いて凝視していたお知香が、思いっ切り拍手した。

「せっかくのお楽しみのところを台無しにして、相すみませんでした」

憮然としている有紀乃とお香代の前で、七之介は深々と頭を下げている。

「わたくしめがお供をしていながら、とんだ失態でございました」

有紀乃もお香代も、顔をしかめたままで返事をしない。

「もう帰ります。駕籠をここへ」

さすがに有紀乃の機嫌が悪い。

「お母さま、まだお日さまは高いし、もう少しここにいましょうよ。ほら、あちらの眺めのいいこと。ご覧あそばせ。気分が晴れますよ」

お知香が、母と姉の間に座って二人の機嫌をとる。

「それに、迎えの駕籠はまだこないんでしょう、吾助」

「へぇ。八つ半頃にと申しつけてしまいましたので、相すみません」

ということは、たぶんその時刻まで半刻以上も間があるはず、ということだ。

「なんでしたら、わたくしが山のふもとまで下りて、町駕籠を呼んで参りましょうか」

律儀に膝をついて七之介が申し出る。

すかさずお知香が口をはさんだ。

「葉暮さま。それには及びませんよ」

　お知香がにっこり微笑した。

「じつはもうおひと方、ご一緒するはずの方がおられて……遅れてもきっといらっしゃるはずですから、先に帰るわけにはいきません」

　有紀乃にお知香が問いかけた。

「ねぇ、お母さま？」

「……ま、そういうことですね」

　不承不承ではあったが、有紀乃がそう言うのだから一同に異論を唱えることはできない。

　――いったい誰がくるというんだ。

　七之介がつい「やれやれ」という顔をした。

「いやあ……相すみませぬ、奥方さま」

　妙にあっけらかんとした声がした。

　――え？　相良勘吉郎か。

　小者を従えた相良勘吉郎が、袴の裾を鳴らして颯爽《さっそう》とやってくる。

　まっすぐに有紀乃が座している緋毛氈の端までやってくると、気取った仕草で袴の裾を捌いて、ためらうことなく当然のように地べたに土下座した。

「奥方さまにはご機嫌うるわしゅうことと存じます。相良勘吉郎、御奉行の急ぎのご用などがありまして、遅参仕りましてございます。申しわけございませんでした」

七之介はつい数歩、後にすさっていた。

しらけた顔をそむけようとして、こちらを盗み見するお知香と目が合った。

お知香は大胆にも、パチリと音がするように右目をつぶって開いて見せた。

七之介はそれとなくさらに後すさりして、緋毛氈から遠く離れた。

先ほど、三人の酔っ払いを突き落とした崖の端にきた。

崖といってもさして深くはないが、そろそろ芽吹きの季節を迎える名も知らぬ雑木が群生しているがれ場である。

——ま、こんな具合なら、きゃつらも命を落とすことにはならなかったろう。

中途半端に呑んだ酒のせいか、つい大あくびをした。

——ふーん。相良勘吉郎が招かれていたとはなぁ。

お知香はいま、母親有紀乃に相良との縁談をすすめられているのだ。

たぶん、来年の春にも祝言の式をといった段取りだろう。

——となれば、これから、お知香が折にふれて親しげに接してくるときほど……極力避けねばならないな。

そこで七之介は、また無作法な大あくびをした。

半端な酒は半端な眠けをもたらすだけなのだ。

「七之介さま！」

カラリとしたその声に、七之介は柄にもなく飛び上がって驚いた。

「あ……あは……」

「なんでそんなにびくついているの？」

「いえ……どういうわけか、その……」

「きょうの七之介さまって……なんだか可愛い」

「そんな、なにをおっしゃいます……困りますよ、お嬢さん」

「あの相良勘吉郎さまが、なんでお母さまに呼ばれたか知ってます？」

「そんなこと知りませんね。いえ、お知香さんとの祝言も近いので……ということでしょう」

「七之介さまのあてずっぽうって、ずばり当たるんですってね」

「なんのことです？」

「奉行所が扱うあれこれの事件なんかでは、葉暮七之介さまの思惑や想像がピタリと当たっていることが多いと聞いてます」

「そんなことありませんよ」

「いい加減な当て推量のようでいて、たいてい葉暮流の判断はピシャリと的を射るのだと、お父さまも言ってました」

「お嬢さん。席に戻りましょう。こんなところで二人きり、コソコソ話しているとまたとんでもない誤解をされます」

「誤解って、わたしと七之介さまの間にまだなにもないでしょうに。なにが誤解なの?」

「いえいえ。その……なんですよ……」

七之介の慌てようを楽しげにお知香は眺めている。

「さぁ、お戻りください」

「そうそう、ここになにを言いにきたかと言いますとね、最近お母さまは、あの相良勘吉郎さまの相手を、お姉さまに変えたようですよ」

七之介は「はぁ」と気の抜けた返事をした。

どこからか、桜の花びらがひらひらと舞いおりてきて、お知香の笑顔をかすめていった——。

至極のどかな春の日の昼さがりである。

四

日本橋川の水は、永代橋西詰めのすぐ川下で大川に流れ出る。河口に架かる橋は豊海橋、この豊海橋で霊岸島に渡ると、左手はその名も大川端町という。

大川端町の外側は大川沿いの明け地になっている。

つい半月ほど前、夜陰に乗じて喜多屋の出入りを探っていた仲蔵と宗八と仙太が、不覚にも喜多屋吉蔵の用心棒らしき浪人三人に追いまくられて新川に飛び込み、この明け地まで泳ぎ着いて辛くも生きのびた。

その後、仙太は何者かに刺されたあげく、哀れな水死体で発見された。

仲蔵の話では、かつての悪い仲間に金のことで消されたというが、その仲間というのが、どうやら吉次や又造だったのではという結論で、兄貴分の宗八も目を剝いたのだった。

――昔関わった仲間とのくされ縁の根っこは、けして枯れて絶えることなく、しつこく生きているのだ。

仲蔵のため息まじりの独り言に、やはり脛《すね》に傷を持っている宗八もなんとなく身震いしたのだが。

その大川端の北の端に、高い塀で囲った空き地がある。酒問屋伏見屋の酒の空樽置き場だ。

喜多屋に踏み込むのは九つ刻（午前零時）——いまそこに、凄腕とか優れ者といった呼び声の高い若手与力、神尾政勝《かみおまさかつ》を押し立てた北町奉行所の捕り手集団が粛々と集結していた。

この場所から標的である喜多屋までの道のりは、二町とちょっとか。

大川端町という町名のとおり大川端に沿った町の往還を南に行くと、新川三ノ橋北詰めに出る。橋を渡らずに新川沿いをちょっと溯《さかのぼ》れば喜多屋だ。

そういえば与力役の者は、一騎二騎と数える。与力たる者は馬に乗って出張るからである。

しかし、今夜の神尾は馬に乗っていない。豊海橋北詰めで馬を下り、永代橋ぎわの御船手番所に預けてきたのだ。

というのも、物々しい大掛かりな捕り手集団のざわめきや気配で、相手に感づかれてはならないという配慮からだ。

見るからに得意顔の三島圭之進が、寡黙な神尾にぴたりとついている。御奉行その人が出馬するかと思われたが、それは実現しなかった。

小田切直年自身は頑強なからだと強《したた》かな精神力を持っているが、ほんらい御奉行自身が、いちいち捕り物の先頭に立たねばならないという定めはない。

こたびの件では三島が与力の神尾を通じ、御奉行にもじかにとしつこいほどに報告し、具申してきたらしい。

そう、小六という盗人のことは極力触れずに、すべて自分が探り調べたように喧伝した――。

七之介には、そのへんのいきさつが手に取るように想像できる。

いまの三島は得意満面という四文字そのもののような顔をしている。

――あいつもやっぱり……功名心ばかりを尖らしていやがる。ああ、虫が好かねぇ。

三島を気にするなど疎《うと》ましいと思っているのに、つい七之介はこだわってしまう。

というのも、今回は神尾から、六人の同心が「三島の指示に従って動け」と命じられている。

同心たちはすでに袴の股立《ももだ》ちを取り、きりりと襷《たすき》で袂を絞り、額には夜目にも白い鉢巻きをしている。

同心の顔ぶれは木内忠友、日野正方、山口盛泰、黒川繁久。そして、葉暮七之介と畑中五平太である。

この六人全員が三島の先輩である。偶然に過ぎないだろうが。

七之介にとっては、先輩も後輩も関心のほかである。さらに畑中を除いた四人の同心については、可もなく不可もない。

奉行所内で出会えば、これらの連中とはそれらしく挨拶もするし、ときに気が向けば、親しげに時候のあれこれを口にすることもある。でも、それだけのことだ。

だが、畑中だけは違った。

今川橋での吉次の一件で、畑中と弥助が雁首《がんくび》揃えて「黙って見過ごしてほしい」と十両という金子《きんす》を持ってきた。

その後、二人が吉次を始末しようとする場で、心ならずも間一髪のところで吉次を救う仕儀に至ったこともあった。

もうひとつ、この二人とはまるで関係なく、半兵衛からの依頼――伊吹屋の絡みで、七之介自身が吉次を始末した――。

七之介はいま、うんざりという重ったるい気持ちを扱いかねている。

――畑中とは、ずいぶんと面倒なしがらみで絡んでしまったなぁ。

である。

いままでの畑中は、四季を通してつねに「涼しい顔」をしていた。強いていえば極寒の季節も、酷暑の日々も、その顔の表情に不平不満や疲労の色が現れたことがない。

――この男は、いつも人生の……怒りや哀しみや、はたまた心配事や憂い事など、一切関わりないような顔をしている。

つまり、いつも上機嫌の顔をしているともいえるのかもしれない。

だが、最前から七之介の近くにいながらチラとも目を合わせない畑中の顔には、ひどくぎこちなく、むしろ妙に醜《みにく》い強ばりが見てとれる。

それはいままでの畑中が見せたことのない、別の顔といえた。

今夜の喜多屋へ捕り手が踏み込めば、いままで隠されていた畑中や弥助の薄穢い関わりも、否も応もなく白日のもとに晒け出されることは間違いない。

——あ奴も、なんとかしなければと思っているのだろう。いや、どうしていいかわからないのか……。

捕り手の小者たちは四十人。物々しい装備をしての勢揃いである。

まるで狼の牙を一層逞《たくま》しくしたような牙のついた得物は、その名も牙狼棒《がろうぼう》という。

刺又《さすまた》は、長柄に二股になった刃を取りつけたもの。

棒の先端に鋭い熊の爪《つめ》を持ったのが、ずばり鉄熊手《てつくまで》。

袖搦《そでがら》みは、クネクネと曲げた鉄鈎《てつかぎ》を棒の先に備えていて、袖や衣服を巻き取り、体の自由を奪いながら引きずり倒すもの。

この袖搦みの先端に二尺五寸ほどの鉄塊つき鎖を装着して、暴れる者の首を巻き取ったり、向こう脛を搦めて引きずり倒すものもある。

どれもこれも、九尺という長柄で、相手との距離があっても存分に攻め立てられる。

これらの特殊な造りの得物もさることながら、捕り手全員が得意とするのは六尺棒を操る棒術である。

突く、叩く、払うなど縦横の技を駆使しての集中攻撃は、予想もしない急場の剣の技などたちどころに打ち砕く。

この捕り手たちはみな、技巧に長けた剣の術などには縁がない。が、これらの力まかせの攻め道具を自由自在に使いこなす、並はずれた体力と腕力を持っている。

それぞれの得物をしっかりつかみ、捕り手たちは息を詰めて屯《たむろ》している。

時あたかも桜の季節である。

いや、そろそろ満開の花びらは散りはじめるころか。

三島は、後しばらくこのまま待機すると言った。

同心の木内と日野が喜多屋の屋敷内に入り、内情を探っていて、間もなく戻ってくるようだ。

山口と黒川は、ゆっくりと捕り手たちの屯する群れの周囲を巡視するように歩いている。

畑中は、高塀のある囲いの東の隅に立っていた。

三間離れたところに七之介。

二人は、この捕り手集団の殿《しんがり》を命じられていたのだ。

往還に面したあたりは高い塀だったが、河岸に面したところは塀どころか垣根すらなかった。

七之介はそっと畑中の傍らに寄った。

「畑中さん、冷えますねぇ」

耳元で囁く。

「あ……」

身を固くしたのがわかった。

「小便がしたくなった。つき合いませんか」

強引に右腕をかい込んだ。

「いや……わたしは……」

腕を振りほどこうとする。

そのとき、捕り手集団がいっせいに立ち上がった。

喜多屋を探りにいっていた、木内と日野が戻ってきたのだ。

神尾の下知《げち》で、三島が頭上で大きく右腕を振った。

三島を先頭に、神尾がつづく。そして四人の同心に捕り手の集団。

それぞれが大仰な得物や六尺棒を握り持っているのだが、雑音を立てぬように十全の心配りをしているのか、聞こえるのは滑るように歩く集団の足音だけだ。

町はひっそりと息をひそめている。大川端町というこの町の往還に面した店はどれもこれも小商いの店ばかりらしい。

酒問屋などの大店はすべて新川沿いにあるのだ。

一団はすぐに三ノ橋の北詰めまできて、流れのきわの往還を西へと進んだ。

左手の岸辺は雑草の生えた明け地だ。その向こうは新川の流れだ。

畑中は七之介の前を黙々と歩いている。

流れに向いた家々はどれもこれも立派な構えのようだ。
五、六間もありそうな間口の広い造りだから、それぞれが大きな商いをしているのだろう。
だがこの時刻、すべてがしっかり大戸を下ろしていて、それらのいくつもの店は闇の底の黒い大きな塊でしかない。

――そろそろ、先導する三島は、喜多屋の店先に着くか……。

七之介は、喜多屋に踏み込む集団に畑中ともども加えられたことを、このうえない幸運だと思っていた。

こともあろうに、真面目そのものの畑中が、喜多屋と裏で関わっていたことを三島がすでにつかんでいる。

七之介は、吉次という悪党を通じて、弥助と畑中がとてつもなく胡散臭いことを感じ取っていたが、まだ、それがどんなことなのか、裏のことなどは確めていない。

——でも、こまかいことはどうでもいい。おれのあてずっぽうが的をはずさなきゃそれでいい。

七之介の目には、今夜の畑中が別人のようにみすぼらしく頼りなげに映っている。

——あいつはいま、なにを考えているんだろう。

ふっと、集団の足が止まった。

喜多屋の店の前だ。

三島づきの小者が、わきの小さい木戸をあたりまえのようにして潜って入った。

あらかじめ探りに入った木内と日野が木戸の貫木《ぬきぎ》をはずしておいたのだろう。

すぐに、右手の黒渋塗りの門扉が軋みを発しながら、内側からめいっぱいに開けられた。

先頭を神尾が、そして三島が、音もなく滑るように疾駆した。

息を殺した捕り手の集団が疾《はし》る。

火を噴くような熱気をまとった集団が、凄まじい勢いで先を争いなだれ込んでいった。

突如「おお～ッ！」という、かつての戦場における逞しく雄々《おお》しい鬨《とき》の声が夜陰を破った。

たちまちさまざまな得物が触れ合い、ぶつかり合う金属音が弾けるように闇をつん裂く。

前屈みで走り出そうとしていた畑中が、いきなり振り向いた。

七之介はすでに畑中の殺気を感じていて、二間の間合いをとっていた。

畑中は疾駆しながら抜刀した。

白い顔の目が吊り上がっている。

けもののような声を発した。

七之介は、一瞬にして狂気に取り憑《つ》かれたような畑中を見定め、にやりと笑った。

さっと踵《きびす》を返すと、畑中に背を向け、新川の明け地へと走った。

畑中がみずから抜刀して襲ってきたことは、七之介の思う壺《つぼ》だった。今夜の七之介は、商人のいでたちでも、ぞろりとした浪人者姿でもない。奉行所の同心として、そして捕り物の主役として働くための第一装なのである。脚力に自信のある七之介は、足場の悪い明け地を難なく走り抜け、流れの岸辺に立っていた。

後を追ってきた畑中は、だらしなく息を荒くしている。

「畑中さんよ。いいか、よく聞けよ。奉行所の同心ともあろう者が、大捕物が始まろうとするこんなときに、この葉暮七之介に向かって自分から刀を抜いたんだぜ」

「余計な……口をきくな」

「いやさ、ずっと問答無用で叩っ斬ってもいいとは思っていたが、ついつい忙しくてこんな場面を迎えることになっちまったな」

「黙れと言うに！」

「黙るのはどっちかな？」

「うるさい！」

「おまえさんが口を封じるために闇討ちしようとしていたあの吉次は、別のいきさつがあって、おれが消したが、さて……」

畑中が大仰に鍔鳴りをさせて、一歩前へ出た。追い詰められた畑中の相貌がひどく歪んでいる。

「今夜、喜多屋の吉蔵と、その吉蔵が操っている盗人や浪人たちがひっ捕まると、あんたの正体もいっぺんに暴かれるんだな」

畑中が柄にもない野太い声で呻いた。

「喜多屋の手代として働いていた小六という男が、だらしなくケチな盗人になって、三島さんにさんざん絞られたよ……あんたのことをふくめて吉蔵の悪事をべらべら喋った……」

「くそッ！　くたばれぇ！」

その声は悲鳴そのものだった。

ただやみくもに刀を振り回して、体当たりするように七之介を襲った。

七之介はひょいとからだを開いて、畑中を躱した。

前にのめった畑中は石塊《いしくれ》につまずいたか、だらしなく這いつくばった。

七之介はゆっくり歩み寄った。狼狽《ろうばい》した畑中は、それでもあたふたと立ち上がった。

一瞬、畑中の姿は、とてつもなく哀れでみすぼらしく見えた。

俯いたまま、なんと畑中はけもののような声を発して、慟哭《どうこく》した。

呆れ顔の七之介は、目を細めてその哀れな姿を見やっていた。

川のせせらぎと夜の匂いは、まさしく爛漫の春の風情である。

だが、その春のおぼろ夜に包まれた喜多屋の店はいま、阿鼻叫喚の大きい渦に揺さぶられていた。

「ご苦労なこったなぁ」

七之介はついひとりごちた。

と。

「死ねッ！」

甲走ったひと声が弾けた。

足元もおぼつかない畑中がいた。

なんとか刀を握り直した畑中が、それでも前へ出る。刀を横に薙いだ。

七之介は、ひょいと右に跳んだ。

ただ立っていることさえおぼつかないようだ。

「畑中よ、おまえさん……なんとも哀れだなぁ」

「うるさい！」

渾身の力を振り絞って立ち向かってくる。

「葉暮……七之介……くたばれ！」

「やっぱりおまえさんこそ、このへんでくたばっちまったほうがいいようだ」

七之介はあらためてまじまじと畑中の顔を見詰めた。

「つまりは自業自得なんだよ、畑中五平太」

「ううう……」

畑中は身をよじるようにして呻いた。

七之介の目には、どう見てももう畑中が気を違《たが》えているように映った。

「浅はかな欲に絡め取られて、底なしの穴に落ちたということだなぁ、畑中さん。おれもおまえさんの轍《てつ》を踏まねえように気をつけなきゃな」

七之介は、愛刀美濃関の九字兼定二尺三寸を鍔鳴りさせ、構え直した。

畑中が「わぁッ！」とおめき声を発して、狂ったように刀を振り回して迫ってきた。

七之介の目に映っている畑中の白い顔は、泣いているようにも笑っているようにも見えた。いずれにしても醜く……初めて見る顔のようだ。

「葉暮七之介の、勝手斬り御免！」

畑中の左首から噴き出した鮮血が、闇を裂いて飛んだ。

畑中は三つ数えぬ間に、絶命したようだ。

七之介は、愛刀二尺三寸に血振りをくれると、喜多屋のあたりを透かし見た。

すでに山場は越えたのか、阿鼻叫喚といった騒ぎはなかったが、人の影が右往左往しているのが確かめられる。

嘘みたいにおだやかで丸い月があった。おぼろ月である。

「さーて、お月さん、今夜のことは御奉行になんて報告したらいいんですかね」

# 終　章　一本桜の宴

北斎に言わせれば、風流とは、無駄な金を浪費せず小粋に遊び楽しむことだという。

――吉原あたりで、女郎を総揚げして、これ見よがしのどんちゃん騒ぎをするような金持ちなど、哀れな下司《げす》人間よ。

江戸の庶民は、懐に余裕がないにも拘わらず、遊びにはこまめで熱心だ。

たとえば、梅の花から始まる花ごよみは、そのまま遊びのこよみになるといえる。

梅、椿、桃、桜、藤――と、花にかこつけての酒だ歌だと、親しい仲間での野遊びに思いっ切りはしゃぐ。

なんといっても桜が大人気である。

ひと足早い彼岸《ひがん》桜を皮切りに、吉野桜やらしだれ桜、そして八重《やえ》桜など、桜の花の移ろいもそのまま遊びのこよみになった。

ふだんは大真面目な顔で幕吏としての仕事も手際よくこなしながら、戯作だの狂歌だのとくだけた遊びの文章を書く大田直次郎は、花の名所のことなどやたら詳しい。

たとえば、彼岸桜ならまず上野東叡山。それから谷中の日暮里近辺。養福寺、径王寺、大行寺、吉祥院など。

湯島に足をのばせば麟祥院、根津権現。それから小石川伝通院、大塚の護持院、麻布の光林寺……遅めの春に咲く八重桜なら、まず王子権現社から滝ノ川あたり。品川は御殿山や鮫洲《さめず》の西光寺と光福寺……とさりげなく言う。

そんな直次郎の話にも、北斎はあまり興味を示さない。

――四季を通じて艶《つや》っぽく美しいのは、初々しい女のからだだよ。

北斎の好奇心とこだわりは、いまを地道にいきいきと生きている人間であり、女であり……そして命ある生き物すべてである。

いや、心根の邪悪な者だけはたちどころに見抜いて無視する。

半兵衛の別宅の庭に一本の桜がある。

心字池《しんじいけ》だの石灯籠《いしどうろう》だの四阿《あずまや》などを配した金持ち好みの贅《ぜい》を尽くした造りとはだいぶ趣を異にする。

ぐるりと囲んだ背高な生け垣に沿っては、山吹《やまぶき》、卯木《うつぎ》、楓《かえで》、山萩《やまはぎ》、水木《みずき》、山躑躅《つつじ》、紫式部《むらさきしきぶ》——などなど、山里でおなじみの樹木が多い。

とりわけ桜は、母屋の前の広々とした場所に別格扱いであるかのように、一本だけすっくと立っている。

冬の間はまるで枯れてしまったように見える樹がいま、なよなよと風に揺れるしだれ枝に、薄紅色の小花をびっしりつけている。

この桜を半兵衛は「八重紅しだれ桜」と呼んでいる。

思わず息を呑むような美しいたたずまいは優雅そのものだ。

この桜についても、大田直次郎のウンチクは豊富である。

——桜とひと口に言っても、山桜、大山桜、霞《かすみ》桜などおもに山に咲く桜と、江戸彼岸などの種類があり、さらに染井吉野などの里桜があるとか。

半兵衛お気に入りの八重紅しだれ桜は、もともとは仙台伊達《だて》藩に縁のある桜で、東北地方に多い——という。

半兵衛は、

――仙台伊達家などとは、まるでご縁がありませんけどね、このしなしなと揺れる花をつけた細い枝の風情には、なにしろたおやかな女の色気がありますものね。

七之介や三之丞にしてみれば「たおやかな女」というのは、いつも機嫌よく半兵衛にかしずく、おさよその人のようである。

――半兵衛さんはいいなぁ。

あっけらかんと、そしてぬけぬけと言う七之介に、三之丞は例によってクスクスと笑うだけである。

半兵衛は店の若い衆三人に手伝わせて、この一本桜の周囲に浅葱《あさぎ》色の引き幕をめぐらせた。

囲いの中は畳が三十枚ほど並べられる広さで、緋色の毛氈が敷き詰められている。

そしてそこはなぜか、白絹の紗幕《しゃまく》で二つに仕切られている。

一方は、満開の八重紅しだれ桜があでやかな天蓋《てんがい》となって頭上を覆っていて、そこに絵筆を持った北斎がいる。

傍らで甲斐甲斐《かいがい》しく世話をするのはもちろん、葛飾北参こと澄川三之丞。

絵筆を持った北斎は、ここがどこなのか、周りはどうなっているかなど、まるで眼中にないかのように筆を走らせることに執心している。

その集中力というのか、燃焼度というのか、それは並のものではない。

北斎にはいつくもの画号がある。最近では好んで「画狂人」をよく使う。「狂」という字をあえて用いてはいるが、北斎本人はまっとうに仕事をしているし、またその自信に満ちみちていることは、端目にもはっきりわかる。

半兵衛が設えたこの引き幕で囲んだ「野立ての画室」には、もうひとつの趣向がある。

白絹の紗幕で仕切られた向こう側は、直次郎、半兵衛、そして七之介たちの酒宴の席になっているのだ。

もちろん、北斎が承知しての仕掛けである。

ただし、酒もいいし、料理を食すこともかまわないが、お喋りは控えめにという粋な宴席なのである。

八重紅しだれ桜の花の下の緋毛氈の上には、深川の小奴《こやっこ》という名の芸妓がいる。

この仕掛けの段取りをしたのは三之丞と聞いて、七之介は思わず「うーん」

と唸ったものだ。

七之介にとっては、久々のおいしいひとときになりそうだった。

小奴は、黒い髪をくるりと頭頂でまとめていて、鼓《つづみ》をあしらった銀のかんざし、螺鈿《らでん》細工の黒塗りの櫛《くし》を挿している。

ひと目見ただけで、ぞくりと身震いが出るほどの色気のある衿足を見せていた。

身につけている着物は江戸小紋《こもん》。鉄紺地《てつこんじ》に桜の花びらを散らした柄で、布地は綸子《りんず》。帯は淡い桜色の名古屋帯――。

酒宴のこまごまとしたお給仕は、おさよがしてくれる。

直次郎と半兵衛は、おさよの酌でおっとりした表情で呑んでいる。

七之介はもう、盃を取ることも忘れて、紗幕の向こうの小奴に気を吸い取られている。

小奴の髪のかんざしや櫛のことも、身につけている着物のことも、じつはおさよがヒソヒソ声で、七之介の耳元で教えてくれたことだ。

まだろくに酒を呑まないうちから、七之介はとろとろの気持ちに大満足していた。

つい先日の道灌山の桜では、無粋な悪酔い男たちを、用心棒として叩きのめした。

そこに、虫の好かないあの相良勘吉郎が得意顔でしゃしゃり出てきた。

それにしても、あの道灌山のあっけらかんとした桜と、半兵衛がお気に入りだという八重紅しだれ桜では、なにしろ醸し出される風情が違う。雰囲気が異なる。

さらにもうひとつ、お酌をしてくれるおさよの色っぽさに、ついウズウズしてしまう。

どうやら半兵衛がおさよに、いや、何藻仙蔵さんを嬉しがらせておやり……。

――七之介さんを、何藻仙蔵さんを嬉しがらせておやり……。


陰でけしかけているらしいのだ。

しかも、宴が始まる前に半兵衛が、そそくさと七之介に近寄ってきて、

――何藻仙蔵さんのお陰で、わたしは安んじていい春を迎えられます。そう、伊吹屋の信二郎さんにとっても格別上等の春になるでしょうよ。ほんとうにありがとうございました。何藻仙蔵大明神さま。お賽銭《さいせん》も十分に差し上げるつもりですよ。

お世辞まぜこぜではあろうけれど、とにかくたっぷりの礼を言われた。

――となれば、当方としては素直にそのつもりになるだけよ。

こんなときの七之介は素直だし、度胸もいい。

ふと気づくと、小奴はいつの間にか帯を解き髪をくずして、ひどくしどけない姿態を見せている。

例によって北斎の熱く執拗なまなざしで見詰められているうちに、たいていの女は魔法にかかったように、みずから自分のからだを晒してゆくのだ。

ゆるゆると小奴は動く。うしろ手をつき、腰を傾ける。横座りの足をすいと回して前にもってゆく。

両の膝を立てる。少し膝を開く。はらりと着物の前が割れて、朱色の蹴出《けだ》しが目を射る。

薄く目を閉じている。右の手を前衿から差し入れて、乳をまさぐる……。

北斎は黙々と、画帳に筆を走らせている。

三之丞は、ちょっと微笑をたたえるような涼しい顔で北斎の作業をこまめに助けている。

あるかなしかの風が動いた。

それでも、おや？　というほどの花びらが舞いながらゆらゆらと散った。

緋毛氈にくっきり際立つは小奴の白い顔と、しどけなく着崩して露になった肩——前立てが滑って晒された丸い膝頭と、その奥のはざま……。

「さ、さ、七之介さん」

おさよが耳元で囁く。息にまぜた言葉は、七之介をまたどぎまぎさせる。

そのとき、背後の引き幕の陰から、

「おさよさん」

台所女中のおきよの声だ。

おさよが立って、おきよから用向きを聞いている。

すぐ戻ってきて七之介の耳に言った。

「……仲蔵さんがいま、急ぎお耳に入れたいことがあると言って、来ているそうです」

「仲蔵が……」

あきらかに「気が利かねぇ奴だ」という顔をした。

「用件を聞いてから、仲蔵さんもここにお招きしたら？」

と、おさよが言った。

――いい女は、気もよく回るなぁ。

七之介は、引き幕をかい潜って出ると、台所口にいる仲蔵に歩み寄った。

「……仲蔵、急な用ってなんだ」

「へい」

しかつめらしい顔をした仲蔵が、いまはひどく気の利かない男に見える。

「あ、旦那……なんとなく顔つきが変わったね」

「あたりめぇだ。いま、とびっきり極上のお楽しみの真っ最中だったからよ」

「へえ。そりゃ羨ましいねぇ」

「急な用事ってなんだ、どうせ、どうしようもねぇ野暮用だろうが」

「そういうことになりますかね」

「早く言えよ」

「夕べ、あの弥助の野郎が、かみさんを連れて夜逃げしましたよ」

「ふーん」

「ふーんじゃねぇでしょう。ひっ捕まえるんでしょうが」

「放っとけよ。もうこっちの話は解決《おとしまえ》がついたんだぜ」

「へぇ。北町奉行所の葉暮七之介さまが、そんなことを口走っていいんですかねぇ」

「うるせぇ。あんな鼠は放とっけ。どうせ近いうちに野垂れ死にするさ」

「そういえば旦那はあの野郎から、吉次の件についてはご内密にと、十両がとこ包み金を受け取っていたでしょう」

「ああ。あの穢《けが》れ金は、どこへいったかな」

「どこへいったかな……なんて無責任な」

「使ってしまったわけじゃねぇ。なんだったら仲蔵、おまえにそっくりくれてやるぜ」

「冗談じゃありませんよ。あんな汚ねぇ金は受け取れませんよ」

「ほう。じゃああの十両は、大川に放り込んじまおうか」

「え？　そりゃあもったいない。だったらあっしが頂戴しますよ」

「ははは。じゃあこの件はいずれゆっくり相談しよう」

「いいですよ。あっしがそっくり引き受けまさぁね」

「仲蔵もこのところ、かなり調子がよくなったな、おい」

「これも身すぎ世すぎということでさ」

「おおそうだ、ここのおさよさんがよ、仲蔵さんも招《よ》んで差し上げたらと言ってるんだった。さ、一緒にこい。ひと目見ただけでヨダレが出る御馳走だぜ」
仲蔵の手をつかんで、七之介は引き幕の中へ連れていった。
さっそくおさよが、仲蔵に盃を持たせて酒を注いだ。
「こりゃあ……ありがとさんで」
仲蔵は素直に受けた。
七之介が「あれを見ろ」と、紗幕の向こうを顎で示した。
小奴がふわりと動いて、着物をそっくり肩から滑らせた。
甘やかな風が吹き抜けた。ほんわりと快くあたたかい風だ。
花びらがいっぱいに舞い降りた。
直次郎と半兵衛は、おっとりうっとり眺めている。
七之介は半身を乗り出し、食い入るように目を凝らした。
仲蔵が、妙にはっきりとした声で呟いた。
「散りいそぐ……白き乳房に……紅しぐれ」
おさよが耳にとめて、仲蔵の言葉をゆっくりなぞった。
「散りいそぐ　白き乳房に　紅しぐれ……」
直次郎がふっと見返った。

「あんたは、仲蔵さんだったな」

「へい」

「……散りいそぐ　白き乳房に　紅しぐれ……か。ふーん」

七之介は、何藻仙蔵の顔になって言った。

「すみません、師匠。いきなりこいつが勝手をほざきまして」

ぺこりと頭を下げた。

「この男、五七五をやったらいいんじゃないか」

「え？」

つい大声を出したのは七之介だった。

「何藻仙蔵より、ましなのを作るんじゃないかな」

「そ、そりゃあないでしょうよ」

仲蔵は、でかいからだを思いっ切り小さくして首のあたりを掻いている。

半兵衛とおさよは、二人で忍び笑いをしている。

またびっくりするように花びらが舞い散った。

七之介が仲蔵の耳を引っ張って、口早に言った。

「おい……見て見ぬふりの仲蔵でいろって」

仲蔵は知らん顔して盃をあける。おさよがすかさず酒を注いだ。

七之介は、また首を思いっ切りのばして紗幕越しの小奴に心を奪われている。脱いだ着物で腰のあたりを覆ってはいるが、眩しいばかりの双つの乳房にまた花びらが散りかかって、それがそのまま見事に艶っぽい一幅のあぶな絵になっている――。

# はぐれ同心御免帖《どうしんごめんちょう》　残党狩《ざんとうが》り

本庄《ほんじょう》　慧一郎《けいいちろう》

学研M文庫

2011年5月24日　初版発行

●

発行人――土屋俊介

発行所――株式会社　学研パブリッシング

〒141-8412　東京都品川区西五反田2-11-8

発売元――株式会社　学研マーケティング

〒141-8415　東京都品川区西五反田2-11-8

印刷・製本―中央精版印刷株式会社



ほ-5-18